KB004988

나의
로망
다이어리

* 이 도서의 국립중앙도서관 출판시도서목록(CIP)은 e-CIP 홈페이지
(http://www.nl.go.kr/ecip)에서 이용하실 수 있습니다(CIP 제어번호 : CIP2011001043).

나의 로망 다이어리

여하연 지음

사는 게 살짝 더 즐거워지는
45가지 위시리스트

앨리스

프롤로그

나는 로망한다 고로 존재한다

난 '로망'이란 단어를 좋아한다. '사랑'이란 말보다 '연애'란 단어를 좋아하는 것처럼 로망이란 단어는 꿈보다 가벼워서 좋다. 꼭 이루어져야 하는 것도 아니고, 헛되다 해도 누구 하나 뭐라고 하는 이 없다. 절대 이루어질 리 없을 정도로 거창하다고 해도 "그건 내 로망이야"라고 말하면 그만이니까. 꿈이 이루기 위해서 노력해야 하는 것에 가깝다면 로망은 로망 그 자체여도 괜찮다. 꼬부랑 할머니가 될 때까지 공수표처럼 남발해도 부끄러울 것 없다.

고등학생 때는 잘생긴 남자 교생선생님에게 예쁨 받는 로망이 있었고, 대학생일 때는 유럽 배낭여행에 대한 로망, 직장에 들어가서는 독립에 대한 로망이 있었다. 서른다섯 살에는 작은 카페를 하나 하고 싶은 로망, 서른일곱 살에는 고양이와 함께 유럽여행을 하고 싶은 로망이 생겼다. 그중 몇 가지는 이루었고, 몇 가지는 아직 이루지 못했고, 어떤 것은 이룰 수 있을지 영원히 미지수다.

로망은 꿈보다 사소하다. 초콜릿 공장 사장이 되는 걸 꿈이라고 치면 로망은 수제 초콜릿을 입에 무는 것만으로 족하다. 양문 냉장고에 번쩍번쩍한 싱크대가 있는 집을 갖는 게 꿈이라면 로망은 내가 직접 고른 페인트로 칠한 싱크대 안에 벼룩시장에서 산 빈티지 그릇을 채워 넣는 것도 될 수 있다.

꿈이 이루고 싶은 목표, 성취, 되고 싶은 모습에 가깝다면 로망은 판타지 혹은 그 반대로 일상에 가깝다. 다시 말해서 이루어야 할 강박도 없지만 마음먹으면 쉽게 이룰 수도 있는 것이다. "당신의 꿈은 무엇인가요?" 하고 누군가 지금 내게 묻는다면, 아마 난 쉽게 대답하지 못할 것이다.

어렸을 땐 꿈 많은 소녀였던 것 같은데 나이를 먹어가면서, 사회생활을 하면서 점점 나의 꿈은 작아지거나, 이룰 수 없다는 것을 알게 되었고 대단했던 꿈은 첫사랑의 기억처럼 희미해졌다. 그리고 언제부터인가 거창한 꿈 대신 크고 작은 로망들이 나의 일상을 채우기 시작했다. 어떤 로망은 아주 오래전부터 꿈꾸어왔고 어떤 로망은 바로 어제 생겼다. 어떤 것은 탐욕에 가깝고, 어떤 로망은 너무 사소하다. 어떤 로망은 생각만 해도 군침이 흐르고 어떤 로망은 아름다우며, 어떤 로망은 로망 그 자체인 것도 있다.

어쩌면 우리 인생의 80퍼센트는 로망으로 채워져 있는지도 모른다. 로망은 꿈보다 결이 곱고, 섬세하고, 구체적이고, 시시때때로 생기며 시시각각 변한다. 한 가지 확실한 것은 로망이 많아지면서 내 삶은 더 풍요로워졌다는 것이다. 공항에 대한 로망은 출국 수속을 밟는 시간조차 설렘의 순간으로 바꾸어놓았으며 여권에 도장을 찍는 단순한 행위조차 의미 있는 행위로 만들었다. 커피에 대한 로망은 커피의 맛뿐 아니라 커피 마시는 시간을 음미하게 만들었다. 프러포즈에 대한 로망이 있기에 프러포즈만큼은 제대로 받을 것이고, 키스보다는 손잡는 것에 대한 로망이 더 크기에 손을 아낀다.

이 책은 사소하지만 사소하지 않은 로망을 풀어놓은 '나의 로망 다이어리'라고 할 수 있다. 오래전에 혹은 평소에 틈틈이 가졌던 로망은 30대 중반을 넘긴 여자의 로망이라고 밝히기 부끄러울 정도로 철없는 바람이 대부분이지만 여자라면 "맞아 맞아" 하며 공감할 만한 로망도 더러, 아니 꽤 있다고 자부한다. 그건 내가 특별하지 않은 평범한, 일상의 행복을 바라는 보통 여자이기 때문이다.

매월 월간지를 만드느라 엄청난 양의 원고를 토해내며 마감을 한 후에 또 다시 원고를 쓰는 게 가능할까 싶었지만 로망을 떠올리면서 단 한 순간도 지루했던 적이 없다.

로망을 떠올리는 것만으로 매일매일 행복했던 나는 '로망에 대한 로망'을 꿈꾸고 있었는지도 모른다. '로망'을 로망하는 이들에게 이 책이 작은 행복을 선사해주었으면 한다. 자신의 로망을 떠올리면서 행복해한다면 나의 큰 로망 중 하나가 이루어졌다고 할 수 있겠다.

2011년 3월

여하연

Contents

Chapter 3 생각만으로도 즐거워지는 나만의 로망

Chapter 4 남자들에겐 차마 말하지 못한 로망

Chapter 1

사람과 장소에 대한 로망

기다리는 마음만으로도

Romance.01

나는 이사 가는 것보다 이사 준비하는 것을 더 좋아한다. 이사 날짜는 아직 멀었는데 집을 계약한 순간부터 하루하루 그날이 오기를 기다린다. 그때 내가 주로 하는 일은 인터넷 가구 사이트를 전전하며 맘에 드는 가구를 장바구니에 담는 일이다. 이사 갈 집의 모양도 크기도 정확히 알지 못해 장바구니에만 넣어둔 물건만 수십 개지만, 이렇게 열심히 골라두고선 결국은 아무것도 사지 않는다.
이사 갈 날을 기다리는 것이 좋고, 사실은 그날을 기다리면서 상상의 나래를 펴는 게 더 좋다. 민무늬 벽지를 바를까, 꽃무늬 벽지를 바를까, 아예 페인트를 칠할까. 페인트를 칠할 확률이 적음에도 나는 계속 페인트 색깔을 상상하고 만다. 영화 〈섹스 앤 더 시티〉의 캐리의 집에 있던 하늘색? 아니면 신사동 가로수길의 크레페 집 '모리나'의 핫핑크? 아니면 〈아멜리에〉의 집처럼 붉은색으로 칠할까? 실제 집보다 내 머릿속에 그린 집이 언제나 더 멋진 법이다.
어릴 땐 남자친구와의 100일 되는 날을 기다렸다. 100일이 지나면 어느 정도 고지를 넘었다는 느낌이 들었고, 집에 초대해도 될 것 같았다. 이젠 그가 나의 연인이란 것을 공개해도 괜찮을 것 같았다. 남자친구와 로맨틱한 100일을 보내기 위해 계속 머리를 굴리며 프레젠테이션을 했다. 멋진 레스토랑에서 근사한 저녁식사를 하고, 스카이라운지에 가서 칵테일도 마시면 좋겠다고 상상했다. 아예 100일 기념으로 방콕으로 놀러가는 것은 어떨까 등 거창한 계획을 세우며 그날이 오기를 기다렸다.
그러나 막상 100일이 되면 시시한 레스토랑에서 적당히 맛없는 밥을 먹으며 싱겁게 보내다가 일찍 집에 돌아왔다. 100일이 되기 며칠 전에 깨지기도 했으며 냉전 중이라 100일을 각자 보내기도 했다. 행복했던 것은 그날이 아니라 그날이 되기 일주일 전이었다.

어릴 때는 소풍 가는 날보다 소풍 가기 일주일 전이 더 행복했다. 엄마가 준 1만 원으로 어떤 과자를 살까, 메뉴를 구성하며 행복해했다. 딸기도 꼭 싸가야지, 치킨도 싸가야지, 하며 아주 신이 났다. 막상 소풍날엔 엄마가 싸준 김밥이 옆구리가 다 터져 비빔밥처럼 퍼먹게 되더라도 소풍을 기다리던 일주일만큼은 행복했다.
그런데 이런 현상은 경품 당첨에도 적용된다고 한다. 경품 당첨자에게 즉석에서 상을 주는 대신 당첨 사실과 함께 제품을 집으로 보내준다고 하면 당첨자는 상품에 대해 상상하며 기다리는 재미를 느끼고 더 행복해한다고 한다. 싱가포르 국립대의 리 이 화이 교수팀은 경품 추첨 게임을 진행하며 대상자의 절반에게는 당첨과 함

STORES.INC

post

께 바로 경품을 주고, 나머지 절반에게는 당첨 결과만 알려주고 경품은 나중에 준다고 통보했다. 그랬더니 경품을 기다린 그룹이 현장에서 경품을 받은 그룹보다 더 기뻐하는 것으로 나타났다.

받을 상품의 종류에 따라 반응도 달랐다. 전자제품이라고 뭉뚱그려 귀띔 받은 사람이 가장 즐거워했으며 초콜릿이나 아로마 양초처럼 구체적인 제품을 귀띔 받은 사람도 어느 정도 기대감을 나타냈다. 그러나 디지털 시계처럼 상상의 나래를 펴기 힘든 제품을 귀띔 받은 사람은 별로 기뻐하지 않았다. 당첨이 됐으면서도 상품을 정확히 모른 채 기다릴 때 가장 행복해한다는 얘기다. 불확실성은 우리의 인생을 좀먹는 것 같지만 꿈꿀 자유를 허락한다. 행복이 찾아오는 건 순간이지만 막상 기억되는 건 시절로서다.

기다리던 그날은 허무하게 끝나기도 하지만 행복한 순간을 기다리던 나날들, 그 순간을 향해 걸어가던 날들까지 내겐 행복으로 기억된다. 그래서 그 점들을 연결하면 결국 선이 되고, 계절이 되고 시절이 된다. 커튼 뒤에 어슴푸레하게 숨어 있는 키다리 아저씨의 정체가 언젠간 드러나기를(제발 그가 대머리는 아니기를, 그리고 정말로 키다리이기를), 남자친구와 보내는 100일이 진정으로 로맨틱하기를, 이국으로 여행을 떠나는 날 첫눈을 맞기를, 새 차가 공장에서 조립되어 나오기를 기다리는 날들이 막상 그 일이 일어났을 때보다 더 행복하다. 기다리는 동안 나는 산타클로스의 선물을 기다리던 아이의 마음으로 돌아갈 수 있다.

단순노동이 어때서

Romance. 02

나에겐 단순노동에 대한 로망이 있다. 단순노동에 종사하시는 분들이 들으면 "허튼 소리 말라"거나 "너는 이틀 만에 때려치울걸"이라고 말할 것이다. 친한 공무원 언니도 "공무원이 그렇게 단순한 직업이 아니거든" 하며 주의를 주었다. 그 직업에 종사하시는 분들이 화를 낼지도 모르지만, 진심이다. 가끔은 정말 아무 생각 없이 단순한 작업을 했으면 좋겠다.

지하철에서 표를 나눠주거나 동사무소에 앉아 신청서에 꽝꽝 소리 내며 도장 찍어주는 일을 하고 싶을 때가 있다. 영화나 드라마를 보면 전문직 여주인공만 멋지게 그려지지만 나는 멋지고 치열하고 바쁘게 사는 성공한 커리어우먼보다 평범하고 소소한 일상을 사는 여주인공들에게 감정이입을 잘한다. 영화 〈접속〉에서 전도연이 텔레마케터로 나왔을 때나 〈오버 더 레인보우〉에서 장진영이 지하철 유실물 관리센터 직원으로 나왔을 때 난 그녀들이 너무 내 편 같았다(치사하게 내 편이 뭐냐고 할지도 모르겠다. 하지만 편 가르기 하고 영

화를 보는 것도 은근히 재미있다). 장진영이 너무 세련되어 현실성이 떨어진다고 생각했지만 '뭐 공무원도 예쁠 수 있지' 하고 대범하게 넘겼다.

그녀들의 직업은 영화에 진실성을 부여했다. 짝사랑에 어울리는 소심하고 평범한 직업을 고르느라 공무원 혹은 텔레마케터를 직업으로 택했는지 모르지만, 매일 똑같이 전화 업무를 하며 매일 똑같이 사람들이 지하철에 놓고 간 유실물을 관리하는 그녀들도 어쨌거나 사랑을 한다. "네 고객님"을 하루 종일 말하는 114 콜센터 아가씨들도 애인이 있고, 연애를 한다.

단순노동에 대한 로망은 영화 〈중경삼림〉에서 시작되었다. 삼촌의 가게에서 일하는 왕페이. 손님이 없는 낮엔 백일몽을 꾸다가, 손님들이 많을 땐 기계적으로 바삐 움직이는 그녀의 손놀림에서 아이로니컬하게도 나른한 가운데에서도 꿈틀대는 삶에 대한 애정을 느꼈다. 그녀에겐 「캘리포니아 드리밍」이 있었으니까. 물론 영화의 주제는 한 경찰관(내가 사랑하는 양조위)을 향한 짝사랑이지만, 그녀를 이끄는 큰 축은 캘리포니아로 가고 싶다는 로망이다. 그녀는 주구장창 「캘리포니아 드리밍」을 즐겨 듣다가 어느 날 갑자기 캘리포니아로 떠났다. 그리고 그녀는 (언제 생긴 꿈인지 모르지만, 아무래도 짝사랑하는 남자의 옛 여자친구가 스튜어디스란 점에서 자극 받은 게 아니었을까?) 스튜어디스가 되어 캘리포니아에서 돌아온다.

사실 공무원보다 내가 정말 해보고 싶은 단순 노동은 카페나 바에서의 아르바이트다. 대학생 때는 카페에서 아르바이트를 하려고 휴학까지 생각했던 적이 있다(아빠의 반대 때문에 휴학은 실패했다). 동네 카페에서 아르바이트를 구한다고 해서 꽃단장까지 하고 갔는데 보기 좋게 떨어졌다. 나의 외모가 부족했던 걸까. 그 카페에서 일하던 애가 고등학교 동창이었는데, 알고 보니 그곳은 그 애의 언니가 하는 가게였다. 나에게 아르바이트 경험이 있냐고 묻기에 솔직하게 "없는데 잘할 수 있을 거야"라고 답했는데 그 이후로 연락이 안 왔다. 동시에 휴학의 꿈도 무산됐다.

영화 〈키스의 전주곡〉에서는 맥 라이언이 바텐더로 나온다. 그녀를 보고 바텐더에 대한 환상을 갖게 됐는지 모르지만, 몇 가지 리큐르로 칵테일을 만드는 것이 마술 같아 보였다. 특히 "오늘 당신에게 꼭 어울리는 칵테일을 만들어드릴게요"는 꼭 말해보고 싶었다.

느끼한 바텐더가 여자 손님에게 하는 대사긴 하지만 여자 바텐더가 길게 말할 것 없이 손님의 기분을 이해해 칵테일을 제조해주는 것이 멋져 보였다. 간혹 손님들과 적절한 거리감을 유지하면서 친구처럼 대화를 하는 것도 즐거울 것 같았다. 어쩌면 이건 일종의 관음증 같은 것일 수도 있겠다. 카페나 바에서 아르바이트를 하고 싶은 로망은 친구랑 수다를 떨거나 사랑하는 사람과 오붓한 시간을 보내는 것과는 다르다. 혼자 쓸쓸하고 울적한 마음에 찾는 사람들에게 차나 술을 파는 건 그들의 삶을 약간의 거리를 가지고 관찰하는 행위일 수도 있을 테니.

단순노동에 대한 철없는 로망은 사실 쓸데없이 바빠지면서 나의 삶이 너무 많은 생각과 계산과 욕심으로 가득 차버렸기 때문일 수도 있다. 소비를 위해 일을 하고, 돈을 벌기 위해 회사를 다니는 일을 10년간 반복하다 보니, 캘리포니아행 혹은 뉴욕행 티켓 하나만을 위해 집중하던 학생 때의 마음이 그리워졌는지도 모르겠다.

그나저나 나 백수 되면 누가 '빽'으로 카페 매니저 같은 거 시켜주면 안 되나.

라디오에 대한 로망

Romance.03

"소리 나는 마술 상자."

어릴 적, 지지직 하는 잡음이 섞여 나오는 작은 트랜지스터라디오를 나는 그렇게 불렀다. 요즘 라디오 듣는 사람이 얼마나 되느냐고 반문할 사람들 많겠다. 컴퓨터나 휴대폰을 통해서 원하는 곡을 바로 받을 수 있는 시대에 라디오는 구시대의 유물에 지나지 않는다고 이야기하는 사람도 분명히 있다. 하지만 세월이 흘러도 라디오만이 전해줄 수 있는 기쁨은 여전히 존재한다. 라디오는 음악만 틀어주는 것이 아니라, 이야기를 들어주고, 또 말을 건네는 마술을 부리기 때문이다.

"When I was young, I'd listen to the radio……." 카펜터스의 노래를 처음 들은 것도, 카펜터스 남매의 여동생이 거식증에 따른 심장병으로 죽었다는 소식을 들은 것도 라디오를 통해서였다. 비틀스도 아하도, 마돈나를 가르쳐준 것도 라디오였다. 늦은 밤 홀로 깨어 있을 때, 라디오를 들으면서 나 말고도 잠 못 드는 청춘이 많

RATATOUILLE

다는 사실에 안도했고, 내가 듣고 싶었던 곡을 신청하는 사람들의 사연을 들으며 얼굴 한 번 보지 못했으면서도 몇 년 동안 같은 반이었던 아이보다 더한 친근감을 느꼈다. 아무도 밟지 않은 첫눈을 밟듯, 포크 밴드 '어떤날'의 노래가 라디오를 통해 흘러나오던 그 순간을 기억한다. 생애 최초로 내 엽서가 라디오 방송을 타던 날, 떨리는 손으로 빨간색 녹음 버튼을 꾹 누르던 때를 어찌 잊을 수 있겠는가.

고3 때는 독서실에서 공부는 안 하고 '별밤'에 보낼 엽서를 손수 그려서 만드느라 밤을 샜고, 대학교 1학년 때는 김광석이 진행했던 라디오 프로그램에 출연해 인생의 숙원사업이었던 라디오 출연의 꿈을 이루었다. 햇살보다 나를 먼저 깨우던 것도, 짝사랑의 고민과 실연의 아픔을 달래주던 것도 라디오였다. 라디오 안에는 아침부터 새벽까지 우릴 행복하게 해주던 DJ, 라디오 스타가 존재한다.

브라운관과 스크린에 있는 스타들이 말 그대로 저 하늘에 있는 별로만 여겨졌다면 라디오 DJ들은 마치 언니, 오빠, 때로는 친구처럼 친근하게 느껴졌다. 음악에 취하고 싶을 때는 말 없이 음악만, 위로가 필요할 때는 친절한 언니, 오빠처럼 따뜻한 격려를, 웃음이 그리울 때는 박장대소할 수다 한 판을 들려주던 그들이었다. 음악도 음악이지만 라디오를 통해 좋아하게 된 사람이 바로 유희열이다. 똑똑한 것 같으면서도 어딘가 어눌하고 바보스럽다 할 정도로 솔직한 그는 수많은 여성들의 '언제나' 오빠였다.

세월이 흘러 나이를 먹어도 라디오를 통해서 흘러나오는 그의 목소리를 들을 때마다 나는 감수성 어린 그 시절로 되돌아갈 수 있다. 외로운 싱글들이 신세한탄을 하는 '낭만다방'을 들으면서는 "맞아 맞아"를 연발하고, 인생 고민을 아주 적나라하고 시원하게 해주는 '헉소리상담소'에서는 나의 인생 고민을 대입해본다.
이제는 차 안에서 이동할 때만 주로 듣지만 라디오는 여전히 내 친구다. 인터넷과 텔레비전에 밀려서 청취율은 나날이 떨어지고, 그림 없는 텔레비전처럼 김이 빠졌다고들 하지만 라디오는 여전히 내 삶의 배경음악이다. 라디오는 어떤 순간에도 나를 방해하지 않고, 다독이며 응원을 해준다. 일기를 쓰던 늦은 밤에도, 처음 운전대를 잡던 그날도, 내가 가장 기쁠 때, 슬플 때, 내 인생의 극적인 순간을 함께해준 라디오, 나의 가장 좋은 친구이자, 가장 훌륭한 연인인 라디오. 오블라디 오블라다! 인생은 라디오 위를 흐른다.

정말 맛있는 커피 한 잔

Romance. 04

내가 처음 커피를 마시기 시작한 것은 고3 때였다. 초등학교 때 할머니 커피를 야금야금 빼앗아 먹다가 머리 나빠진다는 이유로 금지령을 당했다. 커피 금지령이 풀리자, 마치 어른을 흉내 내는 것을 허락 받은 사춘기 소녀처럼 기뻐했다. 쏟아지는 잠을 쫓는다는 명분으로 사약 같은 커피를 냉면 사발에 마셔댔다. 처음에는 카페인의 힘으로 어떻게든 잠을 쫓아내보려고 했으나, 내성이 생긴 후부터는 커피 한 사발을 먹고도 도서관에서 어찌나 졸았는지 모른다. 그래도 커피를 가득 마신 날에는 강력한 졸음이 몰려와도 물리칠 수 있을 것처럼 마음만은 든든했다.

지금은 그때처럼 반드시 마셔야 한다는 의무감으로 들이켜지는 않지만 여전히 하루 두 번 이상은 커피를 찾는다. 위염 때문에 의사에게 커피를 줄이라는 경고를 받고, 하루에 2잔 이상 마시던 커피를 끊어보려고 했지만 한 달여 노력 끝에 나는 결국 커피를 끊을 수 없다는 결론에 도달했다.

솔직히 나는 커피 맛을 잘 모른다. 커피에 관해서 전문가 못지않은 지식을 가진 고수들에 비한다면 내가 알고 있는 커피에 관한 상식은 전무하다고 할 수 있다. 난 다만 그때그때 필요한 커피의 맛만 알 뿐이다. 피곤하고, 허기진 날에는 다방 스타일의 커피, 혹은 연유를 넣어 만든 달짝지근한 동남아 스타일의 커피가 마시고 싶어진다. 비가 오는 날에는 직접 원두를 로스팅하는 카페에서 마실 수 있는 에티오피아나 케냐 같은 상쾌한 과일 향이 나는 커피가 그리워진다. 졸음이 밀려오는 마감 때는 샷을 추가한 아메리카노가 필요해지고 친구와 집에서 수다 떨며 한잔할 때는 모카포트로 내린 동네 카페의 원두커피가 가장 잘 어울린다고 생각한다.
하루에 두세 번씩 커피 생각이 나지만 벤티 사이즈로 주문하는 것도 아닐 뿐더러, 작은 것을 시켜놓고도 종종 남기곤 한다. 그런데도 커피를 끊지 못하는 이유는 커피 생각이 간절할 때, 커피를 대체할 만한 음료를 찾지 못했기 때문이다.

커피라는 한 가지 이름에는 수천 가지 맛이 숨어 있다. 원두 재료, 내리는 사람, 내리는 방법, 혹은 날씨, 분위기에 따라서 커피 맛은 미묘한 차이가 난다. 엄밀히 말하면 나는 카페인에 중독됐다기보다, 커피를 마시는 행위와 시간에 중독된 건지도 모르겠다. 내 몸이 카페인을 원한다기보다, 나의 뇌와 몸속에 각인된 기억과 습관이 커피를 원했다. 그게 꼭 커피여야 하는 이유는 커피만이 갖고 있는 '맥락context' 때문이다.

커피는 수많은 만남과 이별의 자리에 함께했다. 누군가에게 잠시 시간을 내어달라는 데이트 신청을 할 때도 예나 지금이나 촌스럽게 사람들은 "커피 한잔할래요?"라고 이야기한다. 커피 한 잔에서 시작되는 만남에서 차갑게 식은 커피만 하염없이 바라보며 상대방의 가슴에 생채기를 내던 이별의 기억까지 누구나 커피에 얽힌 추억 한두 개쯤은 가지고 있다. 커피는 현재를 살아가고 있는 도시인들이 자신을 나타내는 하나의 증표다. 스타벅스 종이컵은 단순히 커피를 담는 용기가 아닌, 도시인들의 필수 액세서리가 되지 않았는가.

녹차나 기타 차 종류가 커피를 대체할 수도 있겠지만, 커피가 주는 위안을 차는 주지 못한다. 커피 한 잔이 주는 가장 큰 위안은 우리에게 시간을 내어준다는 것이다. 생각할 시간, 누군가와 이야기할 시간, 소화시킬 시간, 책을 읽을 시간…… 회사에서 정신없이 일에 쫓기는 사람들이 휴식할 수 있는 시간은 옥상에서 담배를 피우거나, 자판기 커피를 마시는 시간뿐이다. 자판기에 100원짜리 동전 세 개 넣고, 기계 안에서 컵이 내려오고 커피가 내려오는 그 짧은 시간에 누리는 달콤한 휴식, 달짝지근한 자판기 커피 한 잔조차 바쁜 직장인에게는 작지 않은 위안이 되곤 한다. 커피는 향기를 내며 이렇게 유혹한다. "나랑 잠시 차 한잔해요." 커피를 마시고 싶다는 신호는 곧 휴식을 필요로 한다는 신호다. 커피 타임은 일상에 쉼표를 찍어준다. 커피 한 잔을 마시는 시간만큼의 여유는 누구든 허락 받을 수 있다. 제아무리 바쁜 사람일지라도, 100원부터 비싸

Cafe the Air

Espresso /

Cappuccino

Latte / Moc

/ Vienna /

Cocoa /

인생이란 커피 한 잔이 주는 따스함의 문제다.

_리처드 브로디건

게는 1만 원을 넘기도 하지만, 그 선택의 폭 안에서 커피는 누구에게나 평등하다.

300원과 1만 원의 차이는 커피의 원가 차이가 아니라 커피를 파는 장소의 프리미엄 때문에 발생한다. 그럼에도 사람들은 분위기 있는 곳에서 커피를 음미하고 싶어한다. 커피에 대한 로망은 커피가 있는 풍경에 대한 로망을 함축하고 있다. 커피가 있는 100가지 풍경은 100가지 커피 맛을 선사한다.

파리의 노천카페에서 마셨던 에스프레소와 방콕의 한 시장을 걸으면서 마셨던 봉지 커피, 한 테이블 건너 하나씩 선 보는 커플들이 앉아 있던 호텔 커피숍에서 마시는 커피는 모두 다른 맛이었다. 제아무리 비싼 호텔 커피숍 커피라도 단 한 순간도 같이 있고 싶지 않았던 남자와 마시던 커피는 회사에서 매일 마시던 자판기 커피보다 못했다.

에스프레소 맛을 제대로 알게 된 건 파리 여행을 갔을 때였다. 파리의 노천카페에서 나는 한국에선 잘 마시지 않던 에스프레소만 줄곧 마셨다. 에스프레스가 물보다 쌌기 때문이다. 메뉴판을 보면 어쩔 수 없이 비싼 가격에 선택하게 되는 건 언제나 물보다 더 싼 에스프레소였다. 더운 여름날, 스타벅스의 아이스라테가 마시고 싶어도 나는 될 수 있으면 파리 곳곳에 널려 있는 평범한 노천카페에서 에스프레소를 마셨다. 그게 파리에선 어울리기 때문이었다. 마시다 보니, 에스프레소의 마력이 어떤 것인지 알 수 있을 것 같았다. 도시와 커피의 궁합이 있다면 파리와 에스프레소는 궁합이 아주 잘 맞는다.

하루키의 에세이에는 이런 구절이 있다.

> 항구 근처에 테이블이 딱 하나밖에 없는 조촐한 커피숍이 있었는데, 천장에 붙어 있는 스피커에서는 재즈가 흘러나왔다. 눈을 감으면 깜깜한 방에 가두어진 어린아이 같은 기분이 들었다. 거기엔 언제나 커피 잔의 친숙한 온기가 있었고, 소녀들의 보드라운 향내가 있었다. 내가 정말로 마음에 들어했던 것은 커피의 맛 그 자체보다는 커피가 있는 풍경이었는지도 모르겠다고 생각한다. 내 앞에는 사춘기 특유의 반짝반짝 빛나는 거울이 있고, 거기에 커피를 마시는 내 자신의 모습이 또렷하게 비추어져 있었다. 그리고 나의 배후로는 네모나게 도려낸 작은 풍경이 있었다. 커피는 어둠처럼 검고, 재즈의 선율처럼 따뜻했다.

하루키는 리처드 브로디건의 글을 인용해 '인생이란 커피 한 잔이 주는 따스함의 문제' 라고 했다. 커피 한 잔이 주는 따스함의 문제, 나도 하루키처럼 커피를 다룬 글 중에서 이 문장이 좋다.

내게도 완벽한 이웃이 필요해

Romance.05

"우리 아랫집엔 30대 초반의 남자와 20대 중반의 여자가 살아. 부부는 아니고, 동거하는 것 같아. 남자는 직장에 다니고 여자는 대학원생인데 일주일에 두 번은 크게 싸운다? 이유를 들어보면 대체로 여자가 노는 것을 너무 좋아한다는 것 때문이야.

'클럽 좀 그만 다녀. 옷이 그게 뭐냐. 아예 벗고 다니지 그래?'

'네가 해준 게 뭐가 있어? 돈도 못 버는 게. 나 노는 데 보태준 거 있어?'

싸움은 여느 부부들의 레퍼토리와 다를 게 없어. 하지만 주말이면 언제 그랬냐는 듯 사이좋게 웃으면서 집을 나서. 그것도 여느 부부들과 다를 바 없지. 어쨌거나 난 자꾸 주의 깊게 그들의 소리를 듣게 돼. 그러다가 밖에서 그들의 얼굴을 보면 나도 모르게 웃음이 나와. 어쨌거나 그 젊은 남자는 가끔 나에게 차를 빼달라고 전화를 거는데 마감하느라 새벽에 들어와서 깨어나지 못할 때에도 화내지 않고 전화 몇 번 하다가 안 받으면 그냥 차를 안 가지고 가. 나 같으면 정말 화날 거 같은데 성격도 참 좋아. 가끔 크게 싸우는 것 빼고는 아주 훌륭한 이웃이야."

"우리 옆집에는 40대 중반의 여자가 혼자 살아. 이혼한 것 같은데 일주일에 두 번씩 남자가 찾아와. 불륜처럼 보이는데 그날 밤이면 어찌나 시끄럽게 하는지 잠을 잘 수가 없어. 그런데 다음 날 그 여자가 우리 집에 찾아온 거야. 우리 집 강아지가 짖어서 시끄러워 잠을 잘 수가 없다며 조용히 시켜달라나. 방음도 잘 안 되는 원룸에 개를 키우면 안 된다고 따지더라고. 나도 한마디 했어. 당신들이나 좀 조용히 하라고. 나도 시끄러워서 살 수가 없다고."

"그랬더니 뭐래?"

"아무 말도 하지 않고 씩씩대더니 돌아갔어."

새로 이사 온 이웃집 여자는 동네 요주의 인물이다. 특히나 한 달 중 열흘은 새벽에 들어오고, 일주일에 몇 번씩 택배가 배달되어오고, 옷은 대학생처럼 입고 다니는데 얼굴은 30대 중반, 가끔씩 캔버스백에 고양이도 데리고 나가는 저 여자의 정체는 무엇일까?

나의 이웃들도 아마 이렇게 나를 궁금해할 것이다. 주인집과 함께 사는 이층집, 단독주택에 살아보고 싶은 로망을 이루고자 이사 왔지만, 지금 사는 집에 이사 올 때 가장 걱정됐던 부분은 바로 사생활 노출에 관한 것이었다. 가뜩이나 불규칙한 생활인데 대문을 함께 쓰면 얼마나 불편할까 싶었고 쉴 새 없이 드나드는 친구들은 어쩔까 싶었다. 하지만 걱정과 달리 내 이웃은 내 친구의 이웃들에

22
11
12
19
2

POSTE
POSTE

비하면 아주 양호하다. 한창 뛰노는 나이의 아이들조차 조용하다. 가끔씩 아랫집 언니는 직접 만든 김치만두를 가져다주고, 택배도 잘 받아주신다. 추운 날 해외 출장을 갔을 때는 내가 돌아오기 몇 시간 전에 보일러를 틀어주고, 눈이 오면 2층 계단의 눈까지 쓸어주는 멋쟁이셨다. 일주일에 두어 번씩 들이닥치는 나의 손님들이 떠들어도 싫은 소리 한마디 안 하고, 가끔 우리 집 고양이 알렉스가 집을 나가면 고양이도 찾아준다.

싱글들이 사는 원룸이나 다세대주택은 방음시설이 잘 안 되어 있기 때문에 본의 아니게 이웃집의 사생활을 알게 될 경우가 많다. 마찬가지로 자신의 사생활도 노출되기 쉽다. 그 사람에 대해서 알고 있는 것은 얼굴뿐이지만, 담 하나를 사이에 두고 들리는 이야기로 우린 이웃의 직업과 이성 관계, 생활습관 등의 모자이크를 종합해서 하나의 캐릭터를 완성한다.

얼마 전에 살던 빌라의 옆집에는 만화영화 〈들장미 소녀 캔디〉에 나오는 테리우스를 닮은 멋진 남자가 살았다. 심상치 않은 단발머리에 남다른 패션 센스를 가진 청년을 보고, 나는 혼자 흐뭇해하곤 했다. 나비넥타이를 하고 출근하는 그를 보고 "혹시 연예인이세요?"라고 물어보려다 참았다. 그는 가끔 고양이를 안고 외출하는 나를 보고 가벼운 목례를 하고 사라졌다. 알렉스가 현관문으로 재빨리 빠져나갔을 때 알렉스를 잡아준 적도 있다.

로맨스가 싹트진 않았지만, 옆집에 잘생긴 청년이 사니 왠지 든든했다. 그러던 어느 날, 비도 오고 평소 다니던 미장원을 가는 게 귀찮아서 가까운 동네 미장원을 찾았는데 어디서 많이 본 남자가 있는 게 아닌가. 바로 테리우스를 닮았다는 옆집 청년이었다. 그는 우리 동네 미장원의 원장이었다. 나를 알아보지 못하는 그에게 인사를 먼저 할까말까 망설이다가 계산을 할 때 슬쩍 "OO빌라 사시죠?"라고 운을 뗐다.

"어머나, 고양이? 고양이 언니구나." 남성스러운 외모와 매치되지 않는, 호들갑 떠는 남자의 목소리와 부산스러운 몸짓을 보는 순간 아뿔싸 싶었다. 내가 상상했던 테리우스는 순식간에 날아가버렸다. 그의 목소리를 듣고 나는 깎아달라는 말조차 못하고 서둘러 계산을 하고 나왔다. 얼마 후 그도 이사를 가고 나도 지금 집으로 이사를 왔지만, 그가 말 없는 테리우스로 남아 있었다면 좋았을 것을. 그 이후로 이웃집 남자와의 로맨스 따위는 꿈도 꾸지 않게 됐다.

그렇다면 싱글에게 완벽한 이웃은 어떤 사람들일까.

1. 이웃의 프라이버시에 관심을 갖지 않는 사람이면 좋다
2. 애인이 없을수록 좋다
3. 생활 패턴이 나와 비슷하면 좋다
4. 못 박는 것 정도를 도와주는 남자면 더 좋다

부모님의 집에서 독립하기 전에는 미국 시트콤 〈프렌즈〉처럼 친구들이 같은 빌라나 아파트에 모여 살면 어떨까 생각했더랬다. 아니

면 드라마 〈트리플〉의 남자들처럼 단독주택 하나를 빌려서 친구들 서너 명이 살면 재밌지 않을까. 마당에 나무도 심고, 개도 키우고, 1층 거실은 사랑방처럼 만들어서 이야기꽃을 피우고, 공동 작업실도 만들어서 글을 쓰는 것은 어떨까, 상상의 나래를 펼친다. 현실적으로 멤버를 모으기도 쉽지 않고, 누군가와 함께 사는 것이 쉽지 않은 일이란 것을 알게 되면서 '프렌즈 싱글 하우스' 프로젝트는 보류했지만 친구들이 결혼한 지금도 가끔 친구들끼리 타운하우스에 모여 살면 어떨까 상상해본다.

동네보다 동네친구

Romance. 06

어떤 동네가 살기 좋은 동네일까? 결혼했고 아이들이 있다면 학군이 좋고, 치안이 좋은 동네, 집값이 오를 동네가 좋겠지만 싱글에겐 무엇보다 직장 가깝고 주변에 영화관, 쇼핑몰, 카페 등 편의시설이 잘 갖추어진 동네가 좋다.

하나 더 있다. 8년 전 독립해서 지금까지 이사를 4번 다녔는데 이사 갈 동네를 선택할 때 중요한 기준이 되는 것 중 하나는 바로 가까운 곳에 친구가 살고 있는가 하는 것이었다. 이제껏 이사를 하는 동네마다 친한 선배, 후배가 한 명씩 있었다. 그들이 있기 때문에 그 동네를 선택했다고도 할 수 있다. 친구 따라 강남 가는 게 아니라, 난 친구 따라 이사를 했다.

회사에서도 매일 보는 후배도 있었고, 서른 넘어 만난 소울메이트도 있었다. 5분, 10분 거리에 있는 그들의 집에서 혹은 나의 집에서 우린 밤새 수다를 떨었다. 김치찌개나 카레라이스를 많이 한 날, 혼자 밥 먹기 싫은 날, 실연당한 날, 포장마차 안주와 소주 한

잔이 당기는 날, DVD를 빌린 날, 우린 서로를 쉴 새 없이 호출했다. 배가 부를 때는 함께 모래내 둑길이나 중랑천을 걸었고, 명절 끝에는 집에서 각자 가져온 나물로 비빔밥을 해먹었다.

아줌마들에게 동네 친구가 필요한 것처럼 싱글에게도 동네 친구가 필요하다. 아줌마들이 자녀 교육에 관한 정보를 공유한다면 싱글 친구는 싱글 라이프를 즐겁게 해주는 든든한 동지가 되어준다. 동네 친구끼리 맛있는 배달 리스트를 공유하는 건 기본이다. 차가 있는 친구와 함께 마트에서 공동구매한 후에 물건을 나누기도 한다. 혼자 사는 싱글들은 대형마트를 가서 물건을 사면 절반 이상은 버리게 되는 경우가 많다. 동네 친구가 있으면 '원 플러스 원' 상품이나 혼자 먹기에는 좀 많은 채소나 과일 등을 나누기에 좋다. 마트에 함께 가는 친구가 있으면 남자친구가 별로 아쉽지 않다. 먼 곳에 나가긴 귀찮고 집 안에만 계속 있는 것도 답답할 때, 미리 알아둔 맛있는 동네 카페에서 두 시간 정도 커피 타임을 가지면 휴일을 알차게 보낼 수 있다.

동네 친구와는 포장마차 안주가 유독 당기는 날, 밤 11시 즈음 잠깐 나가서 소주 한 잔에 오돌뼈, 닭똥집을 시켜 먹어도 좋다. 찜질방에 가서 맥반석에 구운 달걀과 시원한 식혜를 먹으며 만화책을 봐도 좋다. 일요일 오후 5시, 동네 골목길에서 배드민턴을 치면서 놀기에도 좋다. 함께 보면 더 재밌는 영화, 추석, 설날 등 명절 특선 영화를 볼 때도 동네 친구는 필요하다.

예전처럼 자주 뭉치지는 못하지만, 동네 친구들이 있는 한 외롭지

한 인간이 일생을 행복하게 살 수 있도록 하기 위해
지혜가 제공하는 것 중에서 가장 위대한 것은 우정이다.

_알랭 드 보통, 『젊은 베르테르의 기쁨』에서

않다. 오늘도 밤 12시, 동네 주민들에게서 호출이 왔다. 귀찮아를 연발하다가 바로 집 앞까지 오겠다는 후배들 이야기에 다시 어슬렁 밤 동네 산책에 나섰다. 골뱅이 무침에 시원한 맥주 한 잔 마시고 돌아오는 새벽, 동네에 친구가 있어 참으로 좋다고 생각했다.

매력적인 이야기꾼 스토리텔러

Romance.07

나의 친한 친구 A는 정말 이야기를 잘한다. 동화작가이기도 한 그녀와 이야기를 하다 보면 시간 가는 줄 모른다. 각종 신화나 소설, 드라마, 심지어 성경 이야기조차 그녀가 이야기해주면 머릿속에 쏙쏙 들어온다. 급하게 기사를 써야 하는데 드라마를 보지 못했을 때, 다시보기 할 시간조차 되지 않을 때 난 그녀에게 SOS를 청한다. 그녀가 이야기해주는 요약본은 다시보기를 100번 하는 것보다 더 재미있다. 새로운 이야기가 늘 샘솟을 뿐 아니라 흔한 소재나 매력 없어 보이던 사람들도 그녀의 이야기 맷돌에 갈리면 아주 맛있는 것으로 변모한다.

타고난 이야기꾼인 그녀에게 가면 나도 모르게 나의 비밀을 하나 둘 털어놓게 된다. 그녀의 이야기 재능은 다름 아닌, 다른 사람들의 이야기를 정말 잘 들어주는 것과 상대에 대한 애정에서 비롯된다는 것을 알게 됐다.

말이 많다는 것과 이야기를 잘하는 것은 차원이 다르다. 전자는 수

다쟁이일 뿐이고, 후자는 이야기로 사람을 설득하는 능력을 가졌다는 뜻이다. 이야기를 잘하는 사람은 아주 먼 옛날부터 자신이 원하는 것을 쉽게 손에 넣을 수 있었다. 『천일야화』의 셰에라자드도 이야기를 잘해서 이야기를 계속 듣고 싶어하는 술탄 샤리아에게 죽임을 당하지 않고 여생을 행복하게 보냈다고 하지 않나.

내가 이 세상에서 가장 매력적인 스토리텔러라고 생각하는 사람은 바로 폴 오스터다. 시드니 셸던, 데일 카네기, 스티브 잡스 등 작가나 성공한 CEO 중에는 훌륭한 스토리텔러가 많지만 내가 아는 한 최고의 이야기꾼은 폴 오스터다. 『달의 궁전』 『공중 곡예사』 『브루클린 풍자극』 등 그의 소설을 단 한 권이라도 읽어본 사람이라면, 고개를 끄덕일 수밖에 없을 것이다.

이야기 속의 이야기, 그 속에서 펼쳐지는 반전은 스펙터클하면서 흥미진진하다. 각각의 캐릭터에 담겨 있는 이야기는 마치 한 사람 한 사람의 인생이 또 한 편의 소설이라고 할 정도로 풍성하다. 폴 오스터는 웨인 왕 감독의 영화 〈스모크〉의 시나리오를 쓰기도 했다. 〈스모크〉에는 폴 오스터 자신의 자전적 경험담이 들어가 있다. 〈스모크〉나 앞의 세 소설을 보면 폴 오스터라는 작가가 얼마나 인간에 대한 애정이 많은 사람인지 알 수 있다.

그는 특히 가난하고, 평범한 사람들, 잡초처럼 부박하게 살아온 인생에서조차 신이 어떤 인간에게든 부여했다는 딱 하나의 능력을 발견해내는 재능이 탁월하다. 그의 소설 속 주인공들은 어느 한 명 잘나지 않았다. 기껏해봤자 소설의 화자인 소설가 정도가 그나마

번듯한 직업을 가졌달까. 택시기사, 공중 곡예사, 보험회사 직원, 술집 작부 등 다소 모자라 보이는 사람들은 소설 안에서 놀라운 재능들을 발휘한다. 과소평가했던 모든 것에 대해서 놀라운 반전을 일으켜 재발견하도록 만드는 것이 그의 특기이자 장기다.

등장인물들이 사랑에 빠지는 것도 비슷하다. 폴 오스터가 말하고자 하는 것은 관계가 만들어가는 희망, 우연이 만들어내는 운명의 힘이다. 그는 고독과 외로움에 관해 말할 때도 어딘가 모르게 유쾌하고, 박진감 있다. 그의 소설 속의 여자 주인공들은 예쁘고 연약하고 청순한 여성이 아니라, 강하고, 유쾌하고 장군 기질을 가진 돋보이는 여성들이 많다. 소심하고 유약한 남자들에게 삶의 생기와 즐거움을 불어넣는 활달한 여인들을 보면, 나도 저렇게 나이 들면 좋겠다는 생각을 하게 된다.

폴 오스터의 소설은 전반부에 조금 지루하게 느껴질지 모르지만 중반 이후부터는 흥분과 설렘으로 심장 박동을 빠르게 만들며 무섭게 몰입하게 만든다는 특징이 있다. 그건 바로 그 특유의 반전 기법 때문이다. 그 이야기의 힘은 바로 유쾌한 반전에 있다.

이야기뿐만 아니라, 사람에게도 반전이 있어야 매력이 있다. 스토리텔링 에이전시를 운영하는 정영선 이사는 자신이 이야기를 잘하게 된 것은 성형수술을 할 수 없었기 때문이라는 엉뚱한 말을 했다.

"전 피부가 안 좋아서 귀도 못 뚫어요. 성형수술도 당연히 못하겠죠. 어렸을 땐 속상했어요. 그런데 아버지는 이렇게 말씀하셨어요. '네가 성형수술을 못하는 게 얼마나 다행이냐. 다른 여자들과 똑같이 예쁜 외모를 갖게 되면 책을 안 읽게 될 것이다. 미소 짓는 것만으로 모든 문제가 해결된다고 생각할 테니까 아마 노력하지 않을 거다. 만났을 때 지루하지 않은 사람이 되도록 노력해라. 말을 많이 하라는 것이 아니라, 이 여자에게선 이런 이야기가 나오겠지, 하는 예상을 못하게 해라. 반전이 있어야 그 사람이 관심을 보인다.' 그래서 전 어렸을 때부터 책을 많이 읽었어요."

혜안을 가진 그녀의 아버지는 이야기를 잘하는 능력이 얼마나 중요한지 그녀에게 일찌감치 깨우쳐주셨던 것이다.

매력적인 사람들은 예측하지 못했던 반전의 요소를 갖고 있다. 완벽하고 차가워 보이지만, 의외로 여리고 순수하다든지, 천재처럼 보이지만 게임은 못한다든지, 계산은 못하지만 운동 하나는 끝내준다든지 하는 것처럼 사람들이 좋아하는 이야기의 주인공들은 모두 인간적인 결함을 갖고 있다. 기본적으로 선의를 가진 사람 역시 상처처럼 흠결이 하나 정도는 있는 것이다. 드라마 주인공들이 출생의 비밀 혹은 저마다의 트라우마는 하나씩 갖고 있듯 말이다.

나의 고양이 알렉스는 하얀 털에 구슬 같은 파란 눈의 아름다운 외모를 가졌지만 듣지 못한다. 그런데도 내가 부르면 달려온다. 새침떠는 고양이이지만 강아지처럼 산책하는 것을 좋아한다. 쿨하면서도 착한 것이 알렉스의 매력이다.

일본 고치 현의 한 경마장에는 '하루우라라' 라는 이름을 가진, 2

류마 중에서도 가장 못 달리는 말이 있다고 한다. 몸집도 작고, 다리도 가늘고 덩치도 작아서 늘 최선을 다해도 꼴찌였다. 경마장 측은 하루우라라를 안락사시키기로 결정했는데 관리인이 눈물로 호소했다고 한다. 하루우라라는 달리는 것을 좋아한다며 다른 말이 게으름을 피울 때도 하루우라라는 한 번도 게으름을 피운 적이 없다고 했다. 결국 관리인의 호소로 하루우라라는 목숨을 건졌고, 그 이야기가 널리 퍼져서 하루우라라는 고치 현의 재롱둥이가 되었다.

인생의 반전, 꼭 로또만으로 실현되는 것은 아니다. 자신의 흠집도 매력으로 만들어줄 수 있는 사랑하는 사람에 대한 로망을 버리지 않는다면, 우리 모두 하루우라라가 될 수 있다. 나에게 온 난청 유기묘 알렉스가 재롱둥이가 되었듯.

드림하우스

Romance. 08

나는 다른 사람의 집을 구경하는 것을 좋아한다. 외국 여행을 갔을 때 어쩌다 창문 사이로 사람들의 집 안이 보이면 생각지 못한 부록이라도 받은 양, 몰래 관찰하면서 즐거워했다. 지금도 친구들 집에 놀러가는 것을 좋아한다. 영화에서도 주인공들이 사는 집을 구석구석 살펴본다.

가구나 인테리어에 관심이 많기도 하지만 모델하우스처럼 깔끔한 집이 아닌, 적당히 집주인의 체온과 손길이 묻어 있는 집을 구경하는 것은 여느 예술작품이나 잡지를 읽는 것 못지않게 재미있다. 파리 몽마르트르의 작은 호텔에 일주일간 머무르면서 창문 틈으로 파리지앵의 집을 구경할 수 있었는데 작은 방마다 개성 있는 그림들이 조화롭게 걸려 있었다. '파리지앵답다'고 생각하며 그들의 낭만과 센스에 감탄했다.

뉴욕에 사는 사진작가이자 일러스트레이터인 토드 셀비Todd Selby는 뉴욕과 로스앤젤레스, 파리, 런던 등지에 살고 있는 창조적이고 예

VENTE
HOTEL
DROUOT
I ♥
K

술적인 사람들의 집을 방문해 지금은 신지 않는 신발부터 소파 사이에 낀 책까지 세밀하게 찍은 사진을 자신의 블로그에 올려놓았다. 일명 셀비 프로젝트www.theselby.com.

파리에 사는 스타일리스트 엘리사의 방은 온갖 아기자기한 소품으로 가득 차 있다. 청소하곤 담을 쌓은 듯 물건들이 제각기 놓여 있는 것 같지만 흐트러진 물건들을 가만히 보면 그 안에 나름의 질서가 있다. 감각 있는 아티스트의 집을 보면 그들의 감각뿐 아니라, 그들이 꾸는 꿈과 사랑이 보인다. 시드니에 사는 캘빈과 재클린이 물안경을 쓰고 수영복 입은 채 샤워하는 사진은 너무 사랑스럽다. 그들이 키우는 고양이들도 왠지 집주인과 또 그 집의 분위기와 닮아 있다.

집은 그 사람과 닮아 있다. 〈조제, 호랑이, 그리고 물고기들〉에서 조제의 방이 조제와 닮아 있던 것처럼 방은 그 사람의 가난도, 부도, 취향도, 사랑도, 그대로 드러낸다. 책을 좋아하는 사람 방에 가면 책이 눈에 제일 먼저 띄고 인형을 좋아하는 사람 방에 가면 인형이 가장 먼저 눈에 띈다. 나 같은 무늬 중독자는 방 안이 온통 무늬와 컬러의 향연이다.

간이 안 된 음식처럼 소박하고 담담한 방도 있고, 어린아이 방처럼 동심으로 가득찬 방도 있다. 멋대가리 없는 남자의 방은 멋대가리 없이 깔끔하기만 하다. 드라마 〈스타일〉의 김혜수가 살던 방은 그녀가 줄창 외치는 '엣지' 있는 소품들로 가득했고 〈섹스 앤 더 시티〉의 캐리의 방은 딱 캐리다웠다. 책을 읽고 원고를 쓰는 침대,

옷가게를 해도 부족함이 없을 것 같은 각종 옷과 가방, 구두로 가득 찬 드레스룸, 너저분한 욕실과 부엌까지 그녀와 함께했던 시간만큼 그녀의 방과도 정이 들었다. 그러니까 결국 방은 그 사람의 꿈과 취향의 보고인 것이다.

나에게 집은 완벽한 휴식 공간인 동시에 모든 것이 내 방식으로 꾸며진 나의 소왕국이고, 알렉스와 함께 사는 보금자리다. 독립한 지 8년, 4번의 이사를 다닌 끝에 꿈꾸던 이층집의 이층에 둥지를 텄다. 20대 후반 처음 독립했을 때는 인테리어는커녕 집에서 가져온 침대와 책장, 세탁소처럼 옷을 너저분하게 걸어놓은 채 하숙생처럼 살았다. 바쁘기도 했지만 이런 나의 독립생활이 길게 가진 않겠지(그때 나는 내가 서른 살 즈음엔 결혼을 할 줄 알았나 보다) 하는 마음에 대충 임시방편으로 살았던 것이다.

그렇게 하숙생처럼 살다가 이사를 거듭하며 세간도 늘어갔다. 식탁을 사니 집에서 밥을 먹는 시간이 많아졌다. 침대도 싱글에서 슈퍼싱글로 바꿨다. 내친김에 냉장고도 큰 걸로 바꾸고 소파도 샀다. 내 집이 마음에 들게 변해가자 집에 있는 시간이 더 많아졌다. 나를 위해 요리를 하고, 책을 읽고, 화분에 물을 주는 시간이 더욱 소중해졌다.

홍보대행사를 하는 40대 초반의 싱글 선배가 결혼하면 좋은 것으로 바꿔야지 하는 마음으로 살다 얼마 전에 10년 넘게 썼던 물건들을 살펴보니 '금성' 제품이 3개나 나왔다고 한다. 그녀는 큰맘 먹고 얼마 전에 구닥다리를 처분하고 자신만을 위한 큰 텔레비전

혼자서도
할 수 있어

과 냉장고, 세탁기를 샀단다.

필요하지 않은 물건들을 살 필요도 없지만 필요한 물건들을 사는 것을 유보할 이유도 없다. 생각해보면 얼마나 많은 싱글들이 오지도 않을, 생기지도 않을 결혼을 꿈꾸며 많은 즐거움들을 유보하며 살아가는가. 〈일요일 일요일 밤에〉 같은 프로그램에서 드림 하우스를 꾸며주면 나는 '배고픈 사람들에게 저런 인테리어가 중요한가. 밥과 일자리가 중요하지'라고 생각했지만 공간은 영감이나 아이디어, 정서적 안정감을 주는 데 중요한 역할을 한다.

내가 사는 곳은 말이 좋아 이층집의 이층이지 옥탑에 불과한데, 집과 사람도 궁합이 있는 것 같다. 그 집을 같이 본 후배가 "글쎄" 하며 고개를 저었는데도 나는 나에게 딱 맞는 집이라는 생각이 들었다. 통창으로 들어오는 질 좋은 햇빛과 이층까지 드리운 석류나무, 그리고 창을 둘러싸고 있는 넝쿨에 반해 두 번 고민 안 하고 덜컥 계약을 해버렸다.

어쩌면 이 집을 선택한 것은 답답한 원룸과 연립주택을 벗어나 단독주택에 살고픈 로망을 실현해줄 수 있었기 때문일 수도 있다. 나와 알렉스의 옥탑이라 불리는 이곳은 이제 나의 취향대로 하나씩 바뀌고 있다. 주방엔 꼬마 타일을 붙이고, 미니 테이블과 임스 체어를 놓았다. 테이블 위에는 작은 조명을 달았고 부엌은 카페처럼 꾸며 밥만 먹는 곳이 아니라 친구들이 왔을 때 이야기를 나눌 수 있는 곳으로 변신했다. 잠도 자고 텔레비전도 보고, 책도 읽는 곳으로 만들기 위해 침실은 레드 컬러로 곳곳에 포인트를 줬다. 멋대

가리 없던 낡은 집에 비누 받침부터 물뿌리개, 쿠션, 향초, 커튼, 수저통 등 사소한 소품 하나까지 내 취향에 맞는 물건들이 들어차기 시작했다. 드라마 속 여자 주인공 방만큼 멋지진 않지만 내 스타일에 맞게 하나씩 자리를 잡아가고 있는 모습을 보면 황무지를 정원으로 일구는 것을 보는 듯한 보람과 재미가 있다.

나에겐 집주인이라는 낯선 존재가 생겼다. 아래층에 사는 주인집에는 초등학생 아이들 세 명과 엄마 아빠가 사는데, 아이들은 고양이와 함께 사는 정체불명의 노처녀 언니에 대한 관심이 지대하다. 호기심 천국인 아이들은 지금도 알렉스가 보고 싶어 난리이고, 40대 중반의 아이들 엄마는 가끔 과일을 들고 문을 두드린다. 앞으로는 이들의 존재가 성가셔질지도 모르겠지만 현재까지는 살가운 이웃의 존재가 그리 싫지만은 않다. 밤엔 무섭지 않고, 무엇보다 택배를 받아줄 사람이 있어서 회사에서 허겁지겁 중간에 물건 받으러 오지 않아도 되어 좋다. 단, 아이들과 알렉스의 접견 시간은 일주일에 한 번으로 정해놓아야겠다.

내가 살고 싶은 동네

Romance.09

도쿄에서 내가 가장 좋아하는 동네는 기치조지다. 도쿄에 가기 전에는 시모키타자와가 내 취향이라고 생각했지만 막상 가보니 카페나 가게의 밀집도가 너무 높아서 사람, 가게, 술집이 포화 상태가 되면서 매력을 잃은 홍대처럼 왠지 모르게 답답하게 여겨졌다.
어느 봄날 후배가 살고 있던 기치조지 골목길을 걸으며 한 도시에서 1년간 살아보라고 한다면 이곳에서 살아도 좋겠다고 생각했다. 물론 나뿐만 아니라 일본 사람들도 살고 싶어하는 동네 1위로 꼽곤 한다. 아담한 목조 주택에 벚나무 한 그루 정도만 있는 작은 마당을 가진 집들이 늘어서 있는, 좁지도 넓지도 않은 골목길을 걸으며 '이 동네에 사는 사람들은 왠지 화를 잘 안 내겠다'는 생각이 들었다.
집 밖에 세워둔 차를 직접 세차하며 걸레질을 하고 있는 아저씨, 레이스 커튼이 걸린 차창 밖에 놓인 작은 허브 화분, 교복을 입은 소녀들이 자전거를 타고 다니는 모습이나 고등학생 아들과 중년의

아버지가 테니스를 치는 풍경 등 아파트촌과는 다른 정겹고 소박한 정경이 펼쳐진다. 게다가 어떤 전설이 담겨 있을 것 같은 기치조지라는 동네 이름까지 마음에 들었다.

영화 〈구구는 고양이다〉에 기치조지가 나왔을 때는 골목에서 아는 길고양이를 만난 것처럼 반가웠다. 초여름의 이노카시라 공원, 하모니카요코초 상가의 맥주집, 정육점에서 파는 멘치카츠(고기를 동그랗게 뭉쳐 튀긴 것) 가게 등 적당히 깔끔하고, 소박하지만 촌스럽지 않은 이곳은 아현동, 돈암동, 모래내, 능동 같은 느낌을 준다.

내가 살았던 동네들은 모두 변두리 느낌이 났다. 교통이 그다지 불편하지 않으면서 집값이 비싸지 않고 동네 느낌이 나는 곳을 찾았다. 모래내와 능동은 부암동이나 효자동만큼은 아니지만 사람 냄새 나는 소박하고 아기자기한 동네다.

담벼락 아래에는 채송화나 봉숭아 같은 꽃들이 피어 있고 전봇대 옆에는 아무도 탐내지 않을 법한 '쌀집 자전거'가 우두커니 서 있다. 트레이닝 복에 안경 끼고 슬리퍼 끌고 나와서 우유 한 팩 사가도 하나도 부끄럽지 않은 동네다. 5,000원이면 어떤 옷이든 수선할 수 있는 세탁소, 약탕기 하나 갖춰놓고 무엇이든 달여줄 것만 같은 가게, 커다란 유리병에 주인이 직접 담근 마늘장아찌를 파는 반찬가게, 아무도 입지 않을 것 같은 재즈댄스 의상을 파는 가게 등 장사가 될까 의심스러운 가게들이 옹기종기 줄지어 모여 있다.

내가 좋아하는 이 동네는 나무가 많고, 시장이 있고, 걷기 좋은 산책로가 있다. 담벼락에는 담쟁이가 엉켜 있으며 너무 부잣집들에

둘러싸여 있어서 기가 죽지도, 너무 가난해서 인심이 팍팍하지도 않은 곳이다. 사람들은 천천히 걷고, 자기 집 앞은 자기가 쓸고, 소문에 적당히 민감하지만 소란스럽지 않다. 철마다 벚꽃과 개나리, 장미, 코스모스가 핀다. 모양내어 손질한 정원보다는 귀엽고 아기자기한 화분이나 화초를 베란다에 내놓는 것을 좋아한다.

꽃무늬 원피스를 입고 캔버스백에 고양이를 넣고 동네 산책을 하는 나는 이 동네에서 '고양이 키우는 아가씨'로 통한다. 터키시 앙고라인 알렉스를 안고 시장에 가면 고양이가 예쁘다며 물건 값을 깎아주는 아줌마들도 있다. 고양이를 본 동네 아저씨, 아줌마, 아이들은 하나같이 이렇게 묻는다.

"이 고양이 비싼 거죠? 얼마예요?"

고양이를 보자마자 가격부터 묻는 사람들이 처음엔 의아했지만 귀티 나는 고양이에 대한 솔직한 그들의 관심이 싫지 않다. 나는 상냥하고 의기양양하게 이렇게 이야기한다.

"3만 원 주고 입양했어요."

심야식당

Romance. 10

영업시간은 밤 12시부터 아침 7시경까지. 사람들은 심야식당이라고 부른다. 손님이 오냐고? 근데 꽤 많이 오더라니까.

밤 열두 시, 냉장고엔 말라비틀어진 밑반찬과 먹을 수 없을 정도로 상하고 문드러진 야채뿐. 야심한 시간에 갑자기 엄마가 도시락 반찬으로 싸주던 쇠고기 감자조림이 먹고 싶어졌다. 독립한 지 8년, 혼자 살면서 엄두도 못 내던 음식, 가끔 해먹으면 간장 맛밖에 나지 않아 늘 끝까지 다 먹지 못했던 쇠고기 감자조림. 적당히 크게 썬 감자에 짜지 않게 쏙쏙 배어든 달짝지근한 간장, 국물에 밥을 비벼 먹으면 그만인 쇠고기 감자조림. 집 앞에 아베 야로의 만화 그대로 심야식당 같은 곳이 있으면 얼마나 좋을까, 하고 생각했던 적이 한두 번이 아니었다.

『심야식당』에 나오는 식당은 재료만 있다면, 손님이 원하는 음식을 해주는 것을 영업 방침으로 하고 있다. 이 식당의 백미는 원하는 음식을 해준다는 데 있지 않다. 오히려 그날의 재료에 맞추어 매번 다른 요리가 나온다는 데 있다. 손님들이 어떤 음식을 좋아하게 된 데에는 저마다의 사연이 있다. 올 때마다 같은 메뉴를 주문해서 친해지기도 하고, 늘 주문하던 메뉴가 아닌 친구가 좋아하는 메뉴를 서로 동시에 주문하기도 한다. 다른 손님과 사랑에 빠지기도 하고, 잃어버린 가족을 수십 년 만에 찾기도 한다. 심야식당은 이렇게 음식으로 사람을 엮어준다.

여느 고급 레스토랑에서나 팔 것 같은 에스카르고나 제비집 수프 같은 것은 없다. 심야식당에서 사람들은 달걀말이, 비엔나소시지, 카레, 감자 샐러드, 오차즈케와 같이 집에서 쉽게 만들어 먹을 수 있는 음식들을 주문한다.

언뜻 보기에는 지극히 평범한 음식을 만들지만 그곳에 오는 사람들은 자신만을 위한 특별한 부탁을 한다. 보통보다 더 달콤한 달걀말이, 한쪽 끝에 칼집을 넣어 문어 모양으로 만든 비엔나소시지, 전날 만들어 하루 재워둔 카레, 연어 · 매실 · 명란젓 오차즈케 등 듣기만 해도 익숙한 음식들이다. 버터에 밥을 비벼달라고 하는 손님도 있고, 쌀밥에 간장을 살짝 뿌린 후 가다랑어포를 얹은 '고양이 맘마'를 찾는 아가씨도 있다.

식은 카레라이스가 맛있다는 에피소드를 보고 난 이후에는 카레라이스를 하면 꼭 한 번 먹을 만큼은 남겨 다음 날 방금 한 쌀밥에 식은 카레라이스를 부어서 먹는다. 베이컨과 에그 스크램블과 맥주를 함께 곁들여 먹기도 했으며 유난히 외로운 밤에는 달걀 샌드위

ハツ
¥80
レバー
¥250
シロ

치를 떠올리며 입맛도 다셨다.

이 심야식당은 해가 질 때쯤 문을 여는 만큼 밤에 일하는 사람들이 많이 찾는다. 스트리퍼, 트로트 가수, 게이 바 사장, 에로 영화배우, 트렌스젠더, 신문 배달 대학생, 은퇴한 직장인 등 어떻게 보면 주류와는 동떨어진 서민들, 소외된 계층들의 애환이 음식과 절묘하게 어우러진다. 특별한 메뉴가 아닌 일본 가정에서 흔히 만들어 먹는 소박한 음식들이 저마다 사연을 가진 사람들과 만나서 일으키는 맛은 다른 어디서도 맛볼 수 없는 인생의 맛이다.

『심야식당』은 일본에서 드라마로도 제작되었는데, 만화는 만화대로, 드라마는 드라마대로 장점이 있다. 드라마는 만화와 달리 단골이 등장한다. 모였다 하면 남자 이야기만 하는 오차즈케 시스터스, 달걀말이를 즐겨 먹는 게이 바 주인 코스즈 등이 매회 감초처럼 얼굴을 비추는데 만화와 비슷하게 생긴 사람들의 면면을 구경하는 재미가 쏠쏠하다. 먹고 싶은 메뉴를 만들어주는 것도 그러하지만 심야식당에 자꾸 가고 싶은 것은 아마도 주인 때문일 것이다. 다정하지만 말이 많지 않은 마스터, 필요 이상으로 손님에 대해서 알려고 하지 않지만 손님의 많은 것을 알고 있고, 한마디의 말로 사람들을 헤아려주는 그는 심야식당의 주인으로 손색 없다. 게다가 잘생긴 얼굴에 난 흉터는 묘한 궁금증까지 불러일으키니 그야말로 완벽하다 하지 않을 수 없다.

야심한 시간, 허전한 속을 음식으로 채우고 위로 받을 수 있는 곳. 인연도 만나고, 잃어버린 사랑도 되찾고, 우정도 재확인할 수 있는 곳. 잠 못 드는 밤 출출할 때 이런 심야식당이 있다면, 지금 당장 달려갈 텐데.

떠나지 않아도 행복해

Romance. 11

여행의 설렘은 공항에서부터 시작된다. 인천국제공항 3층에 있는 출국장의 문이 열리는 순간 다른 세계에 도달한 것 같은 설렘이 시작된다. 공항 입구에 있는 출발시간과 도착지가 뜨는 전광판만 보아도 가슴이 떨린다.

물론 현실은 정신없다. 도착하자마자 부산하게 출국 카운터를 체크하고, 일행을 기다리고, 짐을 부치고, 환전을 하고, 여행 책을 사고, 가볍게 식사까지 하려면 몸이 열 개라도 모자란다. 일찍 도착해서 예상보다 이 모든 것을 조금 일찍 마쳤다면 완벽하게 여행을 시작하는 느낌마저 든다.

바쁜 와중에 떠밀리듯 가는 출장이라도 공항에 도착한 순간, 안도감이 든다. 쉴 새 없이 울려대는 휴대폰, 마감 압박에서 당분간은 해방이라는 생각과 함께. 그게 안 되더라도 비행기가 하늘에 떠 있는 몇 시간만큼은 완벽히 내 시간 같다.

알랭 드 보통은 『공항에서 일주일을』에서 "혼돈과 불규칙성이 가득한 세계에서 터미널은 논리가 지배하는 훌륭하고 흥미로운 피난처로 보인다. 공항 터미널은 현대 문화의 상상력이 넘쳐나는 중심이다. 만약 화성인을 데리고 우리 문명을 관통하는 다양한 주제들, 예를 들어 테크놀로지에 대한 우리의 신앙에서부터 자연 파괴에 이르기까지, 우리의 상호 관계성에서부터 여행을 로맨틱하게 대하는 태도에 이르기까지 깔끔하게 포착한 단 하나의 장소에 데려가야 한다면, 우리가 당연히 가야 할 곳은 공항의 출발과 도착 라운지밖에 없을 것이다"라고 말했다.

나 역시 공항에 갈 때마다 문명의 세계에 살게 되었음을 감사한다. 내가 아는 어떤 사람은 울적할 때면 인천국제공항에 간다고 했다. 비행기가 뜨는 것을 보면 가슴이 뻥 뚫린다나. 거대한 우주선처럼 생긴 인천국제공항은 병으로 치면 주입구 같은 곳이다. 외부에서 안으로 들어오거나 안에서 밖으로 빠져나가는 입구이자 출구다. 낯선 곳으로 들어가거나 나가는 일종의 현관 같은 곳이기도 하다.

어렸을 때부터 공항은 내게 무중력의 공간 혹은 철저하게 중립적인 공간처럼 여겨졌다. 내가 만화에 나오는 변신로봇이라면 장비를 장착하는 공간으로 변할 수도 있고 철저하게 모든 것이 감추어져 있는 곳, 비밀이 한가득 있는 곳이라고 상상했다. 내게 공항은 한국이 아닌 곳이었고, 이곳을 통과하면 자유롭게 날아다닐 수 있을 것이라고 망상을 펼쳤다.

내 어릴 적 상상과는 많이 벗어나 있지만 어쨌든 공항은 여전히 수많은 드라마가 일어나는 곳이다. 유명 연예인이 경호원의 엄중한

보통 좋은 여행이라고 하면 그 핵심에는
시간이 정확히 맞아 들어간다는 점이 자리하기 마련이지만,
나는 내 비행기가 늦어지기를 갈망한 적이 한두 번이 아니다.
그래야 어쩔 수 없는 척하며
조금이라도 더 공항에서 뭉그적거릴 수 있으니까.

_알랭 드 보통, 『공항에서 일주일을』에서

호위를 받으며 들어오는 곳, 사랑했던 연인이 떠나는 마지막 뒷모습을 바라보는 곳, 눈물이 날 만큼 반가운 만남이 있는 곳, 드라마의 시작, 또는 '몇 년 후'란 자막과 함께 나타나는 곳으로 극 전개에 있어 꼭 필요한 곳이 되어주기도 한다. 설렘, 기쁨, 슬픔, 변화 등 많은 감정을 자아내게 하는 곳 중에 공항만 한 곳이 또 있을까.
〈인 디 에어〉는 공항에 대한 로망의 집결판이라고 할 수 있는 영화다. 조지 클루니는 1년 365일 중 300일을 비행기에서 보내는 미국 최고의 베테랑 해고 전문가로 나온다. 그는 해고 소식을 알리기 위해 미국 각 도시를 1년 내내 돌아다닌다. 잔인한 직업이지만 어떤 공항에서든 최고 대접을 받는 그는 꽤나 그럴싸해 보인다.
공항에 익숙한 모습은 실제로 하는 일이 무엇이든 간에 사람을 프로페셔널하게 보이게 한다. 여행 가방을 빠르게 싸는 기술은 물론 남들보다 빨리 티켓팅하는 법, 출국장 엑스레이를 재빨리 통과하는 기술은 지하철에서 자리를 확보하는 기술이나 기차표 빨리 사는 기술과는 차원이 달라 보인다. 부부나 아이가 있는 사람 뒤에는 서지 말고, 목까지 올라오는 신발은 신지 말 것이며, 티켓팅은 가능하면 기계로 할 것 등 공항에서 현명하게 대처하는 법을 일러주는 〈인 디 에어〉를 보고 있자면 갑자기 여행이 가고 싶어진다.
해고를 통보하는 것뿐만 아니라, 공항 및 비행기 사용법의 달인인 그의 로망은 땅에 속한 일반인들은 꿈도 못 꿔볼 1,000만 마일 마일리지를 달성하는 것이다. 세계 여행을 하는 데 25만 마일이 필요하다고 하니, 1,000만 마일은 대체 얼마나 큰 것인지 감도 잘 오지 않는다. 많아 봐야 1년에 두세 번 출장을 가는 나로서는 상상할 수 없는 큰 숫자다. 하지만 나는 차곡차곡 쌓인 나의 마일리지를 보면서 뿌듯해한다. 벌써부터 마음은 마일리지 너머로 날아가고 있다. 아무리 힘든 출장을 갔다 와도 마일리지는 건졌다며 스스로를 위안한다. 얼마 되지 않는 마일리지에도 이토록 흥분하고, 공항에 가면 눈 온 날 강아지처럼 설레는 것은 역시 아무래도 내가 땅 위의 인간이기 때문일 것이다.

함께 음식을 먹는다는 것

Romance. 12

오랜만에 장을 봤다. 된장찌개를 끓이고 고등어를 구웠다. 혼자 살면서 생선까지 구워 먹긴 처음이다. 동네에 사는 친구라도 불렀어야 했나 싶다. '식구'라는 단어는 먹을 식食과 입 구口로 이루어졌다. 그러니까 한 집에 살면서 끼니를 같이하는 사람이다. 가끔은 혈연이나 유전자를 나눠 가졌다는 것보다도 매일 함께 밥을 먹는다는 것의 의미가 더 와 닿을 때가 있다.

나이가 좀 들고 나서부터 괜히 부모님께 전화를 자주 하는데, 늘 묻는 말이 바로 "아빠 식사 하셨어요?"다. 나보다 훨씬 말랐던 남자친구에게 전화하면 늘 첫 마디도 "밥 먹었어?"였다. 나의 소원 중에 하나는 그가 밥을 맛있게 먹고 살찌는 것이었다.

배곯던 어린 시절을 보낸 것도 아닌데 나는 맛있는 음식을 먹을 때 가장 먼저 생각나는 사람이 가장 사랑하는 사람이라는 이상한 믿음이 있다. 맛있는 음식을 누군가의 입에 넣어주고 싶다는 것은 어쩌면 모성처럼 가장 본능에 충실한 애정의 형태가 아닐까. 그래서 난 좋아하는 사람이 생기면 그를 불러다가 뭔가를 해 먹였다. 생일에는 미역국을 끓여주고, 기운이 없다는 날엔 닭볶음탕을 해 먹이고, 축하할 일이 생기면 올리브 마늘 파스타도 만들었다. 뭔가를 만들어서 먹이는 일은 나름대로 나의 애정 표현이었던 것이다.
요즘도 사람들을 집으로 초대해서 뭔가를 해 먹인다. 그럴듯한 가정식 파티를 즐기는 것도 아니고, 사람들을 사로잡을 만한 거창한 요리 솜씨가 있는 것은 아니지만, 사람들을 위해 요리를 하고 그들이 맛있게 먹는 모습을 보는 일은 보람차고 즐겁다. 손쉽게 요리할 수 있는 굴 소스 마늘 파스타, 양배추 볶음밥, 카레라이스, 우동 등을 만들어 사람들이 맛있게 먹는 모습을 보면 꼭 강아지를 사랑스럽게 바라보는 어미 개처럼 뿌듯해진다.
푸짐하게 차려진 만찬보다 내 미각을 자극하는 것은 사실 소박한 음식들이다. 늘 먹거나 보던 음식도 어떤 관계 속에서 어떻게 사용되는가에 따라 새로운 맛과 향이 느껴진다. 음식에 추억과 역사가 들어가면서 각자에게 고유의 의미를 지닌 새로운 음식이 탄생하는 것이다.

음식을 다룬 영화뿐만 아니라, 음식은 영화 속에서 아주 중요한 소품으로 쓰이기도 하고 나름의 상징성을 지닌다. 아주 평범한 음식, 매일 먹던 음식도 영화에서 본 장면 때문에 좋아하게 된 것들이 있는데 그중 하나가 바로 〈화양연화〉에서 장만옥과 양조위가 먹던 국수다. 장만옥이 치파오를 입고 흐느적거리며 국수를 담은 통을 들고 좁은 계단을 오르던 쓸쓸한 뒷모습, 주인공들이 각자 외롭게 국수를 먹던 모습만 생각한다면 국수는 넌덜머리가 나야 할 텐데, 어째서인지 그 영화를 보고 난 다음부터 국수가 더욱 좋아졌다. 멸치로 낸 국물에 계란 고명만 올려놓고 후루룩 국물을 마시면 그 따뜻함에 이끌려 쓸쓸함이 가시는 것만 같다. 영화 〈카모메 식당〉을 본 후에 먹은 시나몬 롤은 그 전에 먹던 시나몬 롤과 맛이 달랐고 얼굴을 찡그리면서도 우메보시를 먹는 것은 영화 〈안경〉에서 맛깔스럽던 청정 재료들과 함께 먹었던 우메보시를 기억하기 때문이다.

3년 전 런던에 놀러가서 친한 동생을 만났다. 잡지사에서 어시스턴트로 일하면서 알고 지낸 그녀는 세인트마틴 대학교에서 패션을 공부하고 있다. 집안 사정으로 고등학교를 자퇴했지만 공부에 대한 열정이 있어 하자센터(서울시립청소년 직업체험센터)에서 공부를 하면서 잡지사에서도 일하며 돈을 모았던 영리하고 귀여운 친구였다. 그러던 그녀는 스무 살이 되던 해, 영국 런던으로 유학을 떠났다. 나보다 열두 살 어리지만 패션과 예술 전반에 대한 열정은 대단했던 모습이 인상 깊게 남아 있다.

"언니, 런던에 오면 꼭 우리 집에 놀러와야 돼요." 런던에서 그녀를 만나 브릭 레인의 유명하다는 햄버거 가게에서 햄버거를 먹고 런던 아이를 탔다. 저녁 시간이 가까워오자 그녀는 자기 집에서 꼭 밥 한 끼를 대접하고 싶다면서 시내에서 30분 떨어진 자기 집으로 데리고 갔다. 3층짜리 작은 아파트에는 10명이 살았고 그중에서도

APPLE

그녀의 방은 아주 작았다. 작은 체구의 그녀가 겨우 누울 수 있는 1인용 침대와 작은 화장대와 책상이 겨우 들어간 그 방에서 우린 차를 마시며 이야기를 나눴고 그녀는 여럿이 함께 쓰는 부엌에서 김치찌개를 해주었다. 반찬은 달랑 김 하나뿐이었지만 그녀가 해준 김치찌개는 세상의 그 어떤 김치찌개보다 맛있었다. 런던에서 먹었던 그녀가 만든 김치찌개는 서울에서 먹은 비싼 김치전골보다 특별했다.

그 김치찌개를 먹으며 나는 〈조제, 호랑이 그리고 물고기들〉에서 츠네오가 맛있게 먹었던 기포 없는 계란말이와 생선구이를 떠올렸다. 가난한 살림에 반찬이라곤 이렇게 달랑 둘, 하지만 따뜻한 김이 모락모락 나는 흰 쌀밥과 함께 먹는 계란말이와 생선이 더 맛있어 보인 건, 없는 살림에 함께 나눠 먹으려는 조제와 할머니의 마음씨 때문이었을 것이다.

음식의 맛은 혀가 아닌 뇌가 기억한다. 어떤 장소에서 어떤 상황에서 어떤 사람과 함께 먹느냐에 따라 그 흔한 김치찌개도, 지겹게 먹던 라면도, 평범한 시나몬 롤도 특별한 음식, 특별한 맛으로 기억된다. 가난한 유학생 살림살이에 정성스럽게 끓여준 김치찌개, 어설픈 요리 실력 뽐낸다며 남자친구가 해준 맛없는 김치볶음밥, 수술한 나를 위해 친구가 직접 쑨 잣죽은 세상에서 가장 맛있는 음식으로 기억된다. 음식을 만들어준 사람의 정성과 사랑, 그리고 소중한 사람과 함께 음식을 먹으며 나누었던 온기 때문이다. 그래서 음식은 함께 먹을수록 맛있다.

Chapter 2

소소하나 사소하지 않은 로망

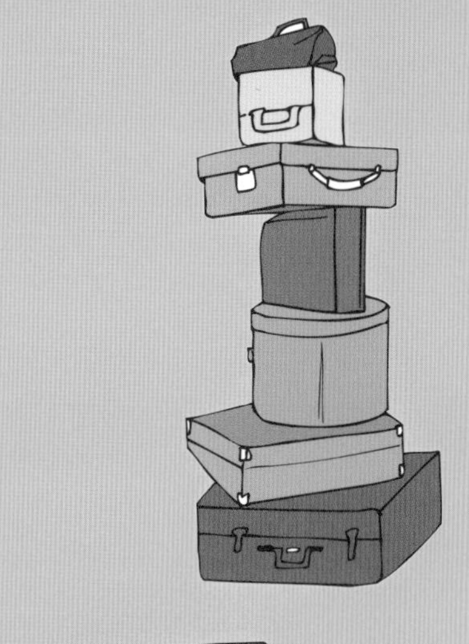

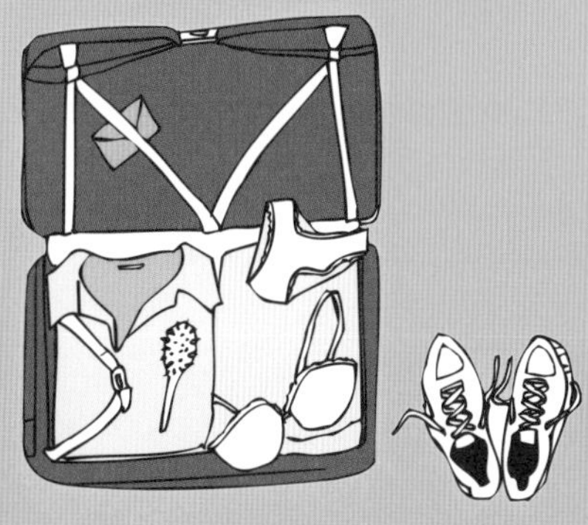

하얀 속옷이 주는 기쁨

Romance. 13

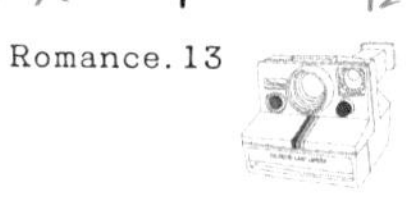

"오늘은 교통사고 특히 조심해야 해."

10년 전 어느 여름날, 동네 제과점에서 함께 팥빙수를 먹던 엄마가 느닷없이 말했다. 자식 좋은 거 먹이고 사 입히느라 남루하고 낡은 속옷을 입었던 엄마가 그날따라 당신의 낡은 속옷이 무척 신경 쓰였나 보다. 교통사고라도 당해 응급실에 실려가면 간호사가 낡은 속옷을 보고 기절한다나?

농담 삼아 한 이야기라 당시엔 웃고 말았지만 마음이 안 좋았다. 이후 명절 때마다 엄마의 속옷 선물을 잊지 않았다. 재밌는 일은 엄마의 그 말 이후로 맘에 들지 않은 속옷을 입고 나온 날엔 나도 유독 자동차를 조심하게 되었다는 것이다. 간호사가 기절까진 안 하겠지만, 겉은 멀쩡한데 속옷이 이게 뭐야 촌스럽잖아, 하고 무시하면 어쩌나 하면서.

언젠가 속옷에 관한 인터뷰를 진행한 적이 있었다. 선정된 독자들에게 속옷 가격을 지불할 테니 자신이 사고 싶은 것으로 사라고 주문했다. 그녀들이 사온 속옷을 보고 생김새만큼 다양한 취향에 놀라기도 했지만 나름대로 자신의 이미지와 비슷한 속옷을 선택했다는 사실에 더 놀랐다. 발랄한 디자이너가 골랐던 빅토리아시크릿의 검은 레이스 속옷은 숨겨져 있던 섹시함을 보여주는 듯했다. 귀여운 레이스가 달린 하얀 면 속옷은 어린 대학생 아가씨의 속마음을 대변하는 듯했고, 단순하면서 세련된 캘빈클라인 속옷을 선택한 여성은 참한 외모와 달리 '나도 알고 보면 세련된 여자예요'라고 말하는 듯했다. 어느 여선생님이 골랐던 속옷은 보수적이지만 참했다.

"아, 오늘은 안 되는데. 아래 위 세트가 아닌데." 퇴근 후 데이트 약속을 잡은 후배가 파티션 너머로 툴툴거렸다. 속옷을 세트로 입지 않아서 오늘 밤 데이트가 곤란하다는 이야기였다. 생각보다 많은 여자들이 속옷을 세트로 맞추어 입는다고 해서 속으로 적잖이 놀랐다.

남자들은 여자들의 속옷에 대한 로망이 크다. 어울리지 않는 색깔의 속옷이라도 보게 되면 적잖이 실망할 수도 있다. 설문조사를 해보면 남자들은 의외로 섹시한 망사 속옷이나 세련된 검은색 계열의 속옷보다는 귀엽거나 요조숙녀 같은 속옷을 좋아한다.

정이현의 소설 『낭만적 사랑과 사회』의 여자 주인공은 남성들이 소망하는 최후 단계의 육체적 접촉에 응하지 않기 위해 차마 남자들 앞에 노출할 수 없는 팬티를 입는다. 너무 많이 입어서 색깔이

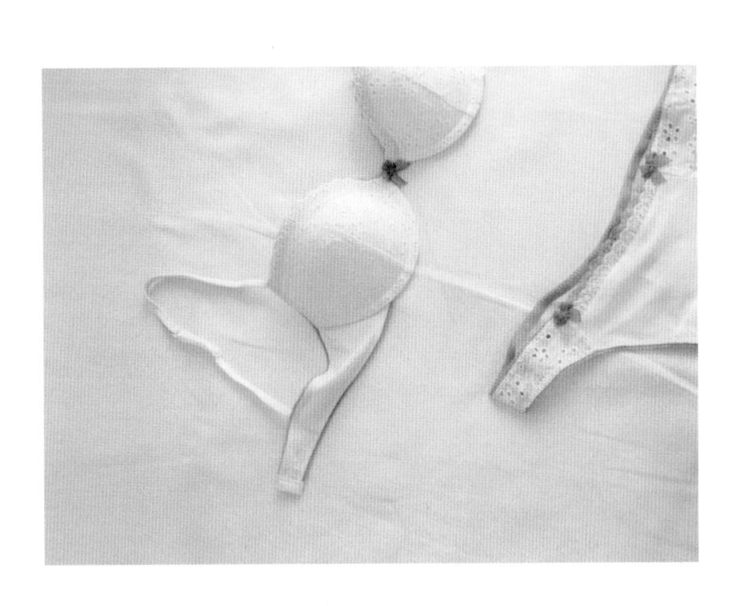

바랜 면 팬티를 입어버린 것이다. 비슷하게 영화 〈브리짓 존스의 다이어리〉의 주인공 역시 헐렁한 면 팬티를 입고 자다가 대니얼 클리버에게 "엄마 팬티라도 입고 온 거냐"고 면박을 당한다. 사실 내가 가장 사랑하는 속옷은 면 소재의 하얀 속옷이다. 하얀 면 레이스와 하얀 면 팬티는 언제 보아도 정갈하면서도 귀엽다. 게으른 자취생이라 빨래를 자주 삶을 수 없다 보니 점점 하얀 속옷은 피하게 되지만(사실 순백색 속옷 세트는 그리 흔하지 않다) 맑은 날, 옥상 빨랫줄에 걸린 하얗게 삶은 속옷이라도 보게 되면 기분이 상쾌해진다.

여자든 남자든 속옷은 단순한 게 최고라고 생각한다. 세련된 남자나 여자가 의외로 소박한 하얀 면 속옷을 입은 것을 보면 괜히 에로틱해 보인다. 영화 〈아비정전〉에서 장국영이 하얀 면 팬티와 러닝셔츠만 입고 마리아 엘레나의 음악에 맞춰서 맘보 춤을 췄던 그 장면은 잊을 수 없는 장면 중 하나다. 그가 건장한 서양 남자였다면 왠지 섹시함이 덜했을 것 같다. 그 섹시함은 에로 영화에서 보는 것과는 분명 다른 차원의 이야기였다. 일상적으로 보이는 속옷, 섹시함을 의도하지 않은 속옷에서 드러난 섹시함이었다.
음습하고 더운 홍콩에서 남자들의 속옷 차림은 아주 일상적인 것처럼 보인다. 〈중경삼림〉에서 양조위가 5년 사귄 애인과 헤어지고 속옷 차림으로 비누와 대화를 나누던 장면이 딱 그랬다. 담배를 물고 다림질하던 장면도 그렇게 섹시해 보일 수가 없었다. 작지만 탄

탄한 체구인 그가 계속 속옷만 입고 돌아다니는데 나중에는 심지어 정겨운 느낌까지 들었다.
언젠가 싱글 남성을 인터뷰한 적이 있었다. 싱글로 살 때 가장 좋았던 때가 언제냐는 질문에 샤워 후 속옷 차림으로 나왔는데 의외로 기분이 상쾌해서 하루 종일 집에서 그러고 있었고 그 이후로 종종 속옷 차림을 즐긴다고 했다. 당시엔 '취향 참 독특하다' 싶었는데 거추장스러운 옷에 묶여 있다가 혼자 집에 있는 날 해봐도 괜찮을 것 같다(대신 커튼은 잘 쳐야겠지). 보여줄 사람이 없더라도 혼자 입었을 때 뿌듯한 흰색 면 속옷은 싱글의 필수품이 아닐까 싶다.

한 장뿐이기에 소중한 폴라로이드

Romance. 14

미국 폴라로이드 사에서 2009년부터 폴라로이드 필름의 생산을 중단한다는 뉴스를 들었을 때, 마치 LP를 생산하지 않겠다는 이야기를 들었을 때처럼 충격적이었다. 폴라로이드 사에서만 폴라로이드를 만드는 줄 알았다가 이런 종류의 카메라를 그 회사에서만 만드는 게 아니란 것을 알고 나서 안도의 한숨을 쉬었다.

폴라로이드 시대가 끝났다는 말은 어떤 전자제품이 단종된 것과는 또 다른 느낌이었다. 많이 애용하지 않았지만 막상 안 나온다고 하니 왠지 익숙한 것과 결별한 것처럼 허전했다. 어떤 한 시대를 잃어버린 기분이었다.

폴라로이드 사진은 디지털카메라나 필름카메라와 달리 약간 바랜 듯한 느낌이 들어서 좋다. 이상하게 폴라로이드 카메라를 찍을 때는 여느 때보다 더 들뜨게 된다. 찍는 사람도, 찍히는 사람도 카메라를 더 의식한다. 동작은 더 커지고, 표정도 더 크게 짓는다. 아무래도 필름이 비싸다는 것, 한 장뿐이라는 것을 마음속에 품고 찍기 때문인 것 같다. 마치 카메라를 처음 대하는 아이들처럼 폴라로이드 카메라 속의 친구들은 나 못지않게 유난스럽다. 폴라로이드 카메라를 찍을 때는 항상 축제 같았고, 폴라로이드 속의 나는 늘 즐거웠다. 영화 〈접속〉에서 전도연은 폴라로이드가 좋은 이유를 이렇게 말했다.

오래 기다리지 않아서 좋다
늘 약간 흐릿해서 좋다
쉽게 구겨지지 않아 좋다
한 장밖에 없어서 좋다

'한 장밖에 없는 것'은 유명한 사진작가들의 작품에 붙은 리미티드 에디션과는 또 다른 소장 가치를 지닌다. 숫자를 넣지 않아도, 같은 장소에서 찍더라도 그 시간, 그 표정의 사진은 단 한 장뿐이니까. 폴라로이드 카메라를 좋아했던 이유 중에는 사진을 찍은 후에 필름이 나올 때의 기계음도 한몫한다. 폴라로이드의 소리는 필름카메라의 '찰칵' 소리와는 또 다른 쾌감을 준다. 폴라로이드 카메라를 누르고 필름이 나올 때의 소리를 듣고 있자면 마치 내가 어떤 기계에 굉장히 정통했다는 느낌마저 든다.

그리고 그 필름이 형체를 드러내기를 기다리는 짧은 순간, 나는 아무것도 할 수 없다. 내가 손을 잘못 움직이기라도 하면 형체가 모두 잘못 나올 것 같은 불안감에 휩싸여 조용히 끝부분을 잡고 사진

763-7929

이 나오기만을 기다린다. 형체가 하나씩 드러나면 비밀리에 썼던 편지의 글씨가 드러날 때 같은 긴장감마저 든다. 함께 찍은 친구들도 어린아이라도 되는 양 기대하며 기다리게 된다.

폴라로이드가 좋은 또 하나의 이유는 바로 폴라로이드 카메라의 네모난 프레임이다. 가장자리가 하얀 폴라로이드의 프레임 안에 갇히면 평범한 피사체도 아름답고 멋져 보인다. 신사동 가로수길의 한 골목에는 누군가가 폴라로이드로 찍어놓은 꽃 사진들이 걸려 있다. 누구의 작품인가 추적해보니 가로수길에 있는 한 스튜디오의 사진작가가 찍은 사진들이었다. 마치 사진 하나하나에 그가 꽃을 키우면서 쏟은 정성이 그대로 담겨 있는 듯해 지나가다 한참 서서 구경했다. 평범한 골목길에 표정을 불어넣어주는 사랑스러움이 그 사진 안에 있었다.

집에 돌아와서 오랜만에 폴라로이드 카메라를 꺼내 알렉스를 찍어본다. 폴라로이드 안에 있는 것들은 흐트러져야 제맛이다. 혀를 내밀고 '메롱' 하는 표정의 알렉스, 하품하는 알렉스 등을 신나게 찍는다. 폴라로이드 사진을 찍을 때는 굳이 잘 찍으려 하지 않는다. 망칠수록 재미있는 추억이 되니까. 하지만 폴라로이드가 좋은 또 하나의 이유는 누구나 작동할 수 있다는 것이다. 버튼 하나만 누르면 그만이니까.

대관람차라면 괜찮아

Romance. 15

도시를 끼고 있는 해안가에 대관람차가 있다. 대관람차를 사이에 두고 한쪽에서는 도시가 보이고 반대편에선 수평선만 보인다.
나에겐 낯선 도시에서 대관람차를 타는 것에 대한 로망이 있다. 특히 바닷가에 있는 대관람차를 보면 나도 모르게 그곳을 향해 달려가게 된다. 도시의 스카이라인과 바다의 수평선을 함께 볼 수 있는 곳, 도시적이지도 자연적이지도 않은, 그러나 도시와도 자연과도 잘 어울리는 거대한 구조물이다.
학생 시절, 친구들과 놀이동산에서 자유이용권을 끊고 사람 정신 쏙 빼놓는 놀이기구들을 타면서도 나는 엉뚱하게 대관람차를 바라보곤 했다. 자유이용권 값이 아깝지 않을 만큼 어른이 되면 꼭 유유자적하며 1시간에 한 바퀴 도는 대관람차를 타겠다고 마음먹었다. 대관람차는 어린아이들과 그 아이들을 데려온 부모, 연인밖에 타지 않는 놀이시설처럼 보이지만 다른 사람들이 모두 꼬리뼈를 자극하는 5분의 스릴에 빠져 있는 동안 높은 곳에서 여유를 만끽

하는 모습이 부러웠는지도 모른다. 엄마 손을 잡고 놀이동산에 오지 않아도 되는 나이가 되면 좋아하는 사람과 대관람차를 타겠다고 생각했다. 그 안에서 꼭 첫 키스를 하겠다고 다짐했던 것도 같다.

대학교 4학년 때 소개팅을 했다. 그와의 세 번째 데이트 때였던 것 같다. 늦은 점심을 먹고난 뒤 그가 말했다. "놀이동산 가지 않을

래?" 문 닫기 두 시간 전에 도착하는 바람에 우린 딱 두 개의 놀이기구만 탈 수 있었다. 그러면서도 나는 멀리 있는 대관람차를 계속 바라봤다. 내 시선이 향하는 곳을 본 그는 말했다. "대관람차 탈까?" 그와 함께 있는 짜릿함을 공포심 따위에 빼앗기기 싫었던 것일지도 모른다. 오래오래 도는 대관람차 안에 그와 둘이 있고 싶었다.

열기구처럼 자유롭게 떠다니지 못하더라도 좋아하는 사람과 둘이 서 공중에 있는 게 좋았다. 그러나 대관람차 안에서 우리는 손도 잡지 않았고 키스도 하지 않았고, 어떤 약속도 하지 않았다. 그저 멍하니 노을 지는 모습을 바라보았다. 완행열차인 줄 알고 삶은 계란과 사이다, 잡지까지 샀는데 급행이라서 서둘러 내려야 했던 것처럼 섭섭한 기분으로 땅에 내렸다. 언젠가는 이 사람과 더 높이, 더 오래 도는 대관람차를 타겠다고 마음먹었다. 기왕이면 더 먼 도시, 더 높은 곳까지 올라가겠다고도 생각했다.

10년 후 고베의 하버랜드에 갔다. 사촌언니네 집에 놀러간 것이었지만, 언니는 몸살에 걸렸고 나는 혼자 고베 시내를 둘러보다가 오후 느지막이 하버랜드에 도착했다. 평일 오후, 하버랜드의 대관람차에 타겠다고 줄을 선 사람은 나 혼자였다. 창밖 저쪽에는 끝없는 바다가, 반대편에는 고베 시내가 내려다보였다. 정상에서 내려다본 바다와 고베 시내는 눈물 나게 아름다웠다. 혼자였지만 외롭지 않았다. 프랑스 남쪽 지방인 망통 바닷가의 대관람차, 시드니 루나파크의 대관람차 등 그로부터 낯선 도시, 큰 바다와 하늘을 안고 있는 대관람차를 몇 번 만났다. 혼자서도 탔고 함께 출장을 갔던 일행과도 탔다. 황량한 바닷가에 있는 대관람차일수록 오색찬란하고, 촌스러운 것일수록 더 마음에 들었다. 사랑하는 사람과 함께하지 않더라도 정상에 올라가면 심호흡을 하고서 생각한다.

'시간이, 세상이 잠깐이라도 멈춰버렸으면 좋겠어.'

여행보다 여행기념품

Romance. 16

명품을 많이 사는 것도, 술값을 내가 다 내는 것도 아닌데 돈을 많이 모으지 못한 것은 쓸데없는 데 돈을 쓰는 소비습관 때문이다. 친한 후배의 말처럼 나는 길에 돈을 뿌리고 다니는지도 모른다. 버스를 기다리기 싫어 택시를 타고, 알렉스와 함께 외출하고 싶어 택시를 타고, 지하철 계단 오르내리기 싫어서 택시를 탄다.

여행을 가도 남들과 똑같은 코스로 다니는데 다른 사람의 배 이상으로 돈을 쓴다. 택시비 비싸다는 도쿄나 파리에서도 택시가 보이면 서울에서처럼 아무렇지 않게 탄다. 현지의 길거리 음식은 다 사 먹고, 열쇠고리나 장난감 등 쓸데없는 물건을 꼭 산다. 현지 슈퍼마켓이나 편의점에 들러 불량식품처럼 생긴 과자를 사먹는 것도 빼먹지 않는다. 지금 우리 집에는 지구촌 어디선가 사온 물건들로 빼곡하다. 그래서인지 가끔 거지가 되는 꿈을 꾸다가 식은땀을 흘리며 깨어나곤 하는데 깨어나선 여전히 또 돈을 길에 뿌리고 다닌다.

시간이 지나면서 생각을 약간 바꿨다. '기왕 쓸 거 양심의 가책 느끼지 말고 쓰자. 여행 후 남는 것은 기념품뿐이다.' (참 철없는 소리가 아닐 수 없다.) 물론 내가 수십만 원, 수백만 원 하는 물건들을 사는 건 절대 아니다(그렇다면 물건이라도 남았을 텐데). 잔돈으로 작은 물건들을 사는 것일 뿐이다. 시간이 지나면 이것들이 전부 사라질 것 같았는데 나름대로 지금까지 남아 소소한 즐거움을 주고 있다.

언젠가 이동진 기자를 인터뷰했을 때, 작업실 냉장고에 붙어 있는 50여 개의 냉장고 자석을 보고 깜짝 놀랐다. 그가 놀란 내 모습을 보고 답했다. "좀스럽게, 저 이런 거 모으잖아요. 그 나라를 갔다 왔다는 기념이니까요."

여행 갈 때마다 냉장고 자석을 사오는 남자라니. 여동생 가족의 사진첩을 작게 만들어 갖고 다니면서 기념할 만한 여행지에서 동생 사진과 기념 사진을 찍어대던 〈인 디 에어〉의 조지 클루니처럼 귀엽게 보였다고 말하면 기분 나빠할까. 나 역시 몇 년 전부터 하나 둘씩 모아온 냉장고 자석이 어느덧 20개를 넘었다. 앙티브, 칸, 노팅힐, 오사카, 홍콩, 시드니, 하와이 등 도시 이름이 쓰인 냉장고 자석은 우리 집 냉장고에 붙어 있다. 각기 그 도시를 닮은 냉장고 자석들은 도시의 훈장 같다.

이것뿐만 아니다. 여행지에서 사온 머그컵과 접시, 쿠션, 액자, 엽서, 포스터, 침구류, 커튼, 잡지, 책, CD 등 종류도 방대하다. 상하이 이케아 매장에서는 각종 살림살이에 눈독을 들였고, 필리핀에서는 라텍스를, 발리에서는 수틀을 부친 적도 있다. 교토에서 사온

PARIS
PARIS

발, 터키에서 사온 면으로 된 침대보, 홍콩에서 사온 커튼, 방콕에서 사온 쿠션 등 각 나라에서 온 인테리어 용품들로 채워진 우리 집은 마치 영화 〈혐오스러운 마츠코의 일생〉에 나오는 집처럼 이국적인 분위기를 뿜어내고 있다.
해외에 가면 벼룩시장 쇼핑은 빼놓을 수 없는 재미 중 하나다. 파리의 페르라셰즈 벼룩시장에서 사온 반지와 빈티지 찻잔, 런던의 노팅힐에서 사온 회중시계와 인조가죽 점퍼, 파리의 몽마르트르에서 사온 고양이 그림 등 얼굴도 이름도 모르는 누군가가 사용했던 제품이라 지저분하다고 생각할 수도 있지만, 수십 년의 역사와 시간이 담겨 있는 물건이 흐르고 흘러 나에게 왔다는 것이 때론 기특하다. 누군가와 시간을 건너뛰어 연결된다는 것 역시 낭만이 담겨 있는 것 같아 보고 있으면 쓰다듬어 주고 싶다. 그게 바로 빈티지의 묘미가 아닐까. 가벼운 마음으로 갔다가 무거운 손으로 돌아오는 여행길이지만, 카드 값이 나가는 몇 달은 괴로워도 시간이 많이 지나면 지날수록 역시 사길 잘했다는 생각이 든다.

여행지에서 사온 물건들은 내 여행의 전리품이다. 명품이 아니어도, 값비싼 물건이 아니어도 그 물건을 볼 때마다 한 번은 그 물건이 살던 나라를 떠올리게 된다. "이 음악은 방콕의 카오산로드에서 듣던 음악이었지. 그리고 이 그림은 몽마르트르에서 왔어."
그렇게 방 안에 있는 것들을 보며 그 도시의 추억을 환기하는 것만으로도, 내 여행의 전리품은 제 역할을 다한 것이다. 그래서 다시 여행이나 출장을 가면 또 그 좀스러운 기념품들을 잔뜩 사올 것이다. 그게 바로 여행의 맛이니까.

그 섬에 가고 싶다

Romance. 17

가끔 난 내가 혹시 〈트루먼 쇼〉의 트루먼은 아닐까 생각한다.

라디오에서 “두바이는 무슨 뜻일까요? 유재석의 별명과 관련 있습니다.” 이런 퀴즈가 나가고 있는데 택시 밖에 두바이라고 크게 쓰여 있는 두바이 레스토랑 간판이 보인다든지, 어떤 배우 이야기를 하고 있었는데 레스토랑 저쪽에서 그 배우가 밥을 먹고 있다거나 하는 등의 놀라운 사건이 발생하면 혹시 나를 주인공으로 하는 쇼에 나가고 있는 것 아닐까 하며 쓸데없는 망상에 빠져들기 일쑤다. 전 세계 시청자들이 나를 보고 울고 웃고 비웃고, 불쌍히 여기는 게 아닐까. 그런 생각이 들어서 불현듯 주변에 몰래 카메라가 없나 살펴보고, 옷매무새를 가다듬는다.

〈트루먼 쇼〉의 트루먼은 30년 넘게 자신이 거대한 텔레비전 쇼의 주인공인지도 모르는 채 행복하게 살아왔다. 대학생 때 도서관에서 만난 첫사랑이 “넌 지금 전 세계인이 지켜보고 있는 텔레비전 쇼의 주인공”이라고 경고를 했음에도, 일상이 주는 현실감 덕분인지 상냥한 부인과 평범하게 산다. 그게 바로 인생이라고 믿으면서. 하지만 그는 사무실에서 몰래 잡지를 보며 실비아를 닮은 모델의 눈, 코, 입을 부위별로 모자이크하면서 한낮의 꿈이었을지도 모르는 그녀를 그리워한다. 포르노 잡지를 보는 것도 아닌데, 눈에 잘 띄지 않게 눈과 코와 입을 가지고 얼굴 모자이크를 하는 모습은 왠지 쓸쓸하고 슬퍼 보였다. 그 영상은 훨씬 후에 나온 영화, 〈이터널 선샤인〉에서 짐 캐리의 어린 시절 짓궂은 친구들이 새를 죽이는 것을 보고 울던 장면과 겹친다. 감정이 폭발하는 다른 여타 장면보다 이 두 장면이 두 영화에서 가장 슬펐다.

사람마다 슬픔을 위로하는 자기만의 방식이 있다. 인생이 힘들 때마다 내가 비극의 주인공이 아니라, 시트콤의 주인공이라고 생각한다. 그러니까 이 상황을 희화화하는 것이다. 마음에 둔 남자가 두 번째 만남에 다른 여자를 불러내서, 존경하고 좋아하던 사람이 내 인생 최악의 존재로 변했을 때, 사랑한 남자가 양다리를 걸치고 있다는 것을 알았을 때, 내가 크게 성공하고 백마 탄 왕자를 만나러 가기 전에 한 험한 여정 중 하나일 뿐이라고 생각하며 스스로를 위로한다.
그리고 모든 것은 다시 제자리를 찾는다. 각본대로라면, 실비아와 헤어진 후에 실비아와 반대의 성격을 가진 밝고 귀여운 여인이 짠하고 나타나 그의 콤플렉스를 위로하듯, 찍어둔 남자와 연인은 못 되더라도 좋은 친구가 되고, 무서웠던 상사는 늙어가고 있거나 나

희망은 좋은 거죠. 가장 소중한 것이죠.
좋은 것은 절대 사라지지 않아요.

_영화 〈쇼생크 탈출〉에서

보다 먼저 관뒀고, 양다리였던 남자는 지금 나를 놓친 것을 후회하고 있을 것이라고 혼자 상상하면서 세상을 이겨나가고 있다.
나는 아직도 방황하고, 좌절하며, 돈이 없고, 궁금한 것도 많으며 운명적인 사랑을 기대한다. 그가 모자이크 조각을 붙이며 이상형을 떠올렸고 피지 섬을 찾았듯, 나 역시 언젠가 그가 이야기한 미지의 섬에 가기 위해 여행 상품을 뒤지고 있다.
그들은 내 지난한 현실의 유일한 피난처다. 그 옛날 도서관에서 만난 적도 없는 내 첫사랑의 환상이며, 세상에 존재하지 않을지도 모르는 이상형, 한 번도 가보지 않았으나 가끔 내가 꿈에서 만나는 세상에 존재하지 않는 섬이다. 아직 지구상에서 몇 명 가본 적이 없는 미지의 섬에 다다른 순간 나의 쇼는 끝날지도 모른다. 나는 수영을 잘 하지 못하지만, 바다에서 아버지를 잃은 적이 없다. 그래서 언젠가 나만의 피지로 떠나겠다는 로망을 여전히 버리지 못한다.
모든 사람들에게는 아마도 피지 섬처럼 자신만의 섬이 있을 것이다. 힘들고 지친 삶을 정리하고 여생을 보내고 싶은 미지의 섬, 쇼생크를 탈출한 팀 로빈슨이 갔던 섬 지후타네오처럼 그 섬은 내가 사는 이곳과 멀면 멀수록, 이름이 어려울수록, 아는 사람이 적을수록 더 매력적이다.

그 자리가 있어야 하는 이유

Romance. 18

자주 가는 단골 카페에는 내가 항상 앉는 자리가 있다. 내 자리라고 누가 정해준 것은 아니지만 그 자리에 다른 사람이 앉아 있으면 나는 다른 자리에 잠시 앉아 있다가 그 사람이 일어날 때 그 자리로 냉큼 옮겨 앉는다. 그 자리에 앉기 전까지는 집중도 잘 안 된다. 같은 상황은 회의실에서도 일어난다. 앉는 자리에 항상 앉게 된다. 습관 때문이겠지만 모든 사람들이 대개 그렇듯 자신의 자리를 만들어둔다. 카페, 지하철, 회의실, 술집 등 자주 가는 곳에는 자기가 점찍어둔 자리가 있기 마련이다.

여자 A와 남자 B가 있다. 단골 카페에는 그들만의 자리가 있었다. 매일같이 오던 그들이 헤어진 후 한동안 발길을 끊었던 그들은 헤어진 지 2년 후부터 남자는 매주 토요일, 여자는 매주 일요일에 오기 시작했다. 카페 주인은 이들이 함께 오지 않는 것을 알고 헤어졌다는 것을 직감했지만, 아무 말도 하지 않았다. 가끔 그들은 같

그 곳은 사랑 때문에
가슴이 벅찬 사람들만 오는 곳이야.
흑인이거나 백인이거나
잘 살거나 못 살거나
그런 건 하나도 중요하지 않아.

_박희정, 『호텔 아프리카』에서

은 날 오기도 했는데 신기하게 한 번도 마주치지 않았다. 그녀는 자신이 오기 전 그가 그 자리에 앉아 있었다는 것을 모른 채 그 자리에 앉아 커피 한 잔을 시킨 후 멍하니 창밖을 내다보다 한 시간 정도 후에 그 자리를 떠났다.

영화나 소설 중에 많이 나오는 장면 중 하나가 바로 "우리 여기서 다시 만나자"고 약속 아닌 약속을 하고 그곳에서 정말로 주인공들이 만나는 장면이다. 어렸을 때는 영화를 흉내 낸답시고 친구들과 별별 약속을 다했다. 초등학교 때 좋아했던 짝꿍과 20년 후에 열어보자며 편지를 유리병 속에 넣어 놀이터에 묻었는데, 어디 묻었는지는 물론이고 이제는 그 남자아이 이름마저 가물가물하다. 시곗바늘이 약속한 시간을 가리키는 그 순간을 목격하기 위해 그 순간을 놓치듯 평생 잊지 않고 기억할 것 같은 약속도 시간이 지나면 희미해지거나 설마하면서 지나치게 된다.
그래서일까. 있을 법한 설정이 그대로 실현되는데도 가끔 영화 속에서 그들이 정말 예정된 운명처럼 어떤 장소에서 만나게 될 땐, 나도 모르게 입가에 흐뭇한 미소가 퍼진다. 〈쇼생크 탈출〉에서 내가 가장 좋아했던 장면은 팀 로빈슨이 쇼생크를 탈출하고 만세를 부르던 장면이 아니다. 바로 모건 프리먼이 시골 참나무 아래에서 파낸 상자에 적힌 편지를 보고 노년을 보내고 싶다던 멕시코의 한 섬에 찾아가서 두 사람이 재회하는 장면이다. 모건 프리먼이 섬에 갔을 때 팀 로빈슨은 그의 소망처럼 배를 수리하고 있었다. 두 사람은 희망을 버리지 않은 대가로 섬에서 만나게 된다. 나에게 희망이란 두 글자와 함께 각인된 그 섬의 이름이 지후아타네오다.

여행을 재미있게 하는 방법 중 한 가지는 여행지에 '내 자리'를 만드는 것이다. 자리를 만드는 것은 그리 어렵지 않다. 그저 마음에 드는 장소를 만나면 그 자리를 내 자리로 정하면 된다. 정확히 어떤 자리인지 기억하기 위해서는 그 자리에 비치는 햇빛의 각도와 나무에 비친 그림자, 건물 앞 풍경 등을 잘 기억하면 된다. 교토의 기요미즈테라에서 해질녘 까마귀가 날던 것을 친구와 함께 바라보던 자리, 4년 전 친구와 나는 언젠가 꼭 다시 그 자리에 함께 다시 오자고 약속했다. 그 자리에서 봤던 해 지는 풍경, 거리의 악사가 들려주던 구슬픈 음악, 까악까악 울어대던 까마귀 소리를 나는 마음속의 카메라로 찍어두었다.
니스에 있는 마티스 박물관의 올리브나무가 그림처럼 가득 펼쳐졌던 공원 한가운데 있는 벤치, 파리에 일주일 머무는 동안 매일 갔던 아베스 역 근처 카페, 2유로짜리 에스프레소를 매일 마셨던 노천카페의 구석 자리, 영화 〈비포 선셋〉에서 주인공들이 만났던 셰익스피어 서점, 그 서점의 2층에 다락방처럼 아늑했던 구석 자리.
다시 그 자리에 오겠다는 말을 주문처럼 외웠고, 운이 좋았는지 니스를 뺀 나머지 자리에 한 번씩 더 앉을 수 있었다. 좀 더 어렸다면 증거를 남기기 위해 사진을 붙여두기라도 했겠지만, 그때 그 자리에서 보이던 풍경을 그대로 다시 볼 수 있다는 것만으로도 로망은 이루어졌기에 아쉽지 않다.

여행을 하면서 유명한 카페나 관광지가 아닌 인적 드문 곳에 있는 작은 카페 혹은 게스트하우스에서 아는 사람의 흔적을 발견하면 더더욱 기쁘다. 여행을 하면서 종종 나는 영화 〈바그다드 카페〉의 '바그다드 카페'나 박희정의 만화 『호텔 아프리카』의 '호텔 아프리카' 같은 곳을 만나기를 기대한다. 배낭여행객이나 떠돌이, 상처 있는 외로운 사람들이 머물면서 조금씩 마음을 여는 곳이었다. 황량한 사막이나 카페라곤 전혀 있을 것 같지 않은 곳에 자리 잡은 조금은 낯설고 이국적인 느낌의 장소면 더 좋다.

가끔 뚱뚱한 아줌마가 마술쇼도 하고, 장쯔이처럼 생긴 고급 창부가 장기 투숙도 하는 그런 호텔을 꿈꾸어본다. 샤이아 라보프처럼 생긴 소년이 꽃을 가져다주는 고풍스러운 호텔도 좋겠다. 큰 욕조가 있고 아침 식사가 화려한 특급 호텔도 좋지만 낡았지만 사연 있는 작고 귀여운 호텔이 사실은 더 좋다.

엄마의 프렌치토스트

Romance. 19

식빵은 계란만큼 변신에 능한 식재료다. 평범한 식빵도 어떻게 만드느냐에 따라 맛도 모양도 달라진다. 갓 구운 식빵은 굽지 않은 채로 잼을 발라 먹고, 많이 배고프면 계란과 햄을 넣기도 하고, 냉동실에서 나온 빵은 토스터에 구워서 버터와 잼을 바른다. 주말에는 계란을 입혀서 프렌치토스트를 해먹는다. 그중에서 내가 가장 좋아하는 것은 바로 프렌치토스트다.

엄마와 함께 살 때 엄마는 아침 식사로 늘 프렌치토스트를 해주셨다. 서양 요리에 능통한 세련된 분이었다기보단 그저 빈속으로 출근하는 딸이 안쓰럽다고 생각한 보통 엄마였을 뿐이다. 아무것도 바르지 않은 토스트가 뻑뻑해 보여 계란에 담근 후 프라이팬에 살짝 구웠을 뿐인데 그게 다름 아닌 프렌치토스트였던 것이다.

엄마 표 프렌치토스트는 카페에서 파는 프렌치토스트처럼 고급스럽지 않다. 바나나도 없고 꿀도 얹혀 있지 않다. 그 프렌치토스트에 나는 주로 버터와 잼, 설탕을 뿌려 먹었다. 우유와 함께 먹는 엄마 표 프렌치토스트는 행복의 맛이었다. 노릇하게 구운 빵 위의 버터가 몽글몽글 거품을 내며 녹는 모습을 보면 참 행복했다. 버터가 제 역할을 다한다는 느낌과 함께 뱃속이 든든해지는 기분이 들었다. 살찌는 맛이지만 아침이라서 괜찮다고 위안했다.

혼자 살면서 프렌치토스트를 안 하게 되었는데 아무래도 구울 시간이 없기 때문이라고 변명한다. 토스터기에 빵을 넣을 시간은 물론 빵을 넣는다 해도 그것을 먹을 시간조차 거의 없으니 계란 넣고 프라이팬에 버터를 둘러서 빵을 굽는 일은 여간 수고스러운 일이 아닐 수 없다.

그렇게 프렌치토스트의 맛을 잊고 지내다가 아는 언니가 잠시 우리 집에 머무르면서 다시 프렌치토스트의 세계에 발을 들여놓았다. 외국에서 공부하다가 한국에 들어와서 2주간 우리 집에 머물렀던 언니는 우리 집에서 살림에 맛을 들이기 시작했다. 언니는 마치 우렁 각시처럼 내가 출근한 사이 집을 깨끗이 청소하고, 썩어가는 야채와 반찬 들로 가득 찬 냉장고를 신선한 재료들로 채우기 시작했다. 마감 때문에 새벽에 퇴근한 나를 위해 언니는 아침에 프렌치토스트를 구워주었다. 커피와 함께 먹는 프렌치토스트, 블루베리 잼과 버터를 빵 사이에 바른 후 겉에 계란을 입힌 후 프라이팬에 굽고 설탕을 뿌려 먹었다. 프렌치토스트가 맛있었던 것인지 누군가와 함께하는 아침 식사가 맛있었던 건지 모르겠지만 역시 10년 전에 맛본 것과 똑같은 행복의 맛이 느껴졌다.

다음에 좋은 사람이 생기면 아침에 꼭 프렌치토스트를 만들어주고

싶다. 국에 밥 말아 먹고 출근해야 힘을 쓸 수 있는 원조 한국 입맛을 가진 남자라 할지라도 말이다. 아침은 프렌치토스트라고 우기면 난 그저 드라마에 나오는 몹쓸 '된장녀'가 되는 건가?

구름다리에서서

Romance.20

다이어트에 성공해 허리가 2인치 정도 줄어 못 입던 청바지가 헐렁하게 맞을 때, 온라인으로 물건을 구매하자마자 매진이라는 표시가 떴을 때 여자들은 오르가슴을 느낀다고 한다. 돌이켜보면 두발자전거를 처음 타던 때 찌릿찌릿 온몸에 퍼졌던 전율도 일종의 오르가슴이 아니었을까.

네발자전거를 타다가 처음으로 두발자전거에 도전한 것은 아홉 살 때였다. 정확히 기억은 안 나지만 혼자 좋아하던 동네 오빠를 자전거 사수로 삼았다. 그가 뒤에서 밀면 나는 열심히 페달을 밟았다. 수십 번 넘어진 후에 나는 혼자서 자전거를 탈 수 있게 되었다. 좀 잘 타게 되었을 때는 눈 감고 페달을 굴리면서 이대로 달리면 영화 〈ET〉처럼 달나라까지도 갈 수 있겠다고 상상했다. 두발자전거를 타기 시작한 이후로 난 매주 여의도 광장에 자전거를 타러 갔다.

자전거를 다시 접한 것은 대학교 때 강촌으로 엠티를 갔을 때였다. 자전거를 타며 예전의 감각을 되찾느라 애를 먹었다. 자전거 타는

Comune di Firenze
passo
carrabile

법은 한 번 배우면 평생 잊지 않는다는데 나에게는 그런 말도 소용이 없었다. 어찌어찌 탈 수는 있었지만, 차들이 쌩쌩 달리는 도로에서 타는 것은 쉽지 않았다. 균형을 잡지 못하는 나를 보고 지나가는 차들은 욕을 해댔다. "야, 뭐하는 거야! 죽고 싶어?"

결국 친구들이 열심히 길에서 자전거를 탈 때 소심한 나는 혼자 질질 자전거를 끌고 다시 있던 자리로 돌아왔다. 그렇게 겁을 먹은 후에 도로에서 자전거를 타는 일은 포기했다.

스물일곱 살 때 친구들과 경주로 여행을 갔다. 자전거를 못 타는 친구를 뒤에 태우고 자전거를 타려다가 결국 난 또 겁쟁이가 되어버렸다. 혼자 타기도 벅찬데 자전거 못 타는 친구까지 뒤에 태우는 건 무리였나 보다. 호수에 그대로 처박힐 것 같은 공포심에 자전거를 세웠다. 그러고 나서 빌린 자전거를 끌고 동네 작은 학교 운동장에 가서 타기 시작했다. 방해물이 없는 탁 트인 곳에 오니 거짓말처럼 자전거가 잘 나갔다. "거 봐, 나 자전거 잘 탄다고." 텅 빈 운동장에서 혼자 잘 달리는 나를 보고 친구들은 '너 뭐 하냐' 하는 눈빛을 보냈다.

그 이후에 난 자전거를 타지 않았다. 자전거를 탈 줄 안다고도 못 탄다고도 말할 수 없었기 때문이다. "어렸을 때는 두 손 놓고도 자전거 잘 탔다고요"라고 말해봤자 아무도 믿지 않지만 나는 꿈속에서 두 손을 놓은 채 자전거를 타고 달나라까지 가곤 한다.

자전거 타는 꿈보다 더 자주 꾸는 꿈은 수영하는 꿈이다. 꿈에서

난 수영으로 태평양도 건넜다. 튜브 없이 물에 처음 떴던 날 나는 동생 앞에서 시범을 보였다. 하지만 곧 한계에 부딪혔다. 풀장 안의 사람들 때문에 더 이상은 못 가는 것이라고 변명하며 멈췄지만 30미터가 나의 한계였다. 처음 배영에 성공했던 날도 잊을 수 없다. 물 위에 누워 있는 기분이 어떨까 궁금했던 나는 물 위에서 기절을 하는 것처럼 수십 번 물 위에 꼬꾸라진 후에야 간신히 뜰 수 있었다. 몸에 힘을 빼고, 물에 몸을 맡기며 누우니 어느새 물에 떠 있었다. 언젠가 물 위에 누워서 별을 봤을 때 정말 황홀했다.

하지만 그 후로 나는 물에 뜨는 법을 또 잊었다. 2년 전 태국 출장을 갔을 때 모 연예인의 매니저가 장난으로 나를 풀장에 던졌는데 발이 닿지 않는 풀에서 허우적대는 나를 보고 그는 결국 나를 구하러 풀에 뛰어들어야만 했다. 무거운 나를 끌고 나오느라 고생했음에도 그는 나를 세 번 더 던졌고, 네 번째 빠뜨렸을 때 결국 나는 혼자 헤엄쳐서 나오고 말았다.

"뭐야, 수영할 수 있잖아. 왜 못하는 척 했어요?" 그는 면박을 줬지만, 나는 "세 번 반복하는 거 지겨워서 한 번 해봤어"라고 말했다. 공포심이 없어져서 잊고 있던 감각이 되살아났나 보다. 요즈음도 "수영할 줄 아세요?"라고 누가 물으면 난 우물쭈물 답한다. "그때그때 달라요"라고 대답하지만 확실한 것은 한강에 빠진다면 헤엄쳐 나올 리는 만무하다는 것이다.

마찬가지로 놀이터의 구름다리 위에 두 발로 섰을 때의 쾌감을 잊지 못한다. 구름다리를 서서 걷는 아이들이 내게는 세상에서 가장 신기한 존재다. 열세 살의 봄, 7년간 살았던 아파트에서 이사 가던 날 난 용기를 내어 놀이터의 구름다리 앞에 섰다. 오늘이 마지막이니까 오늘은 꼭 구름다리 위에 손을 짚지 않고 서겠다고 결심했다. 떨어져도 다리밖에 더 부러지겠어, 하며 용기를 냈다. 그리고 나는 당당히 구름다리 위에 섰다. 한 걸음, 한 걸음 걸었다. "내가 서 있어. 구름다리 위에." 구름다리 위를 걷는 것은 마치 구름 위를 걷는 것처럼 행복했다. 이제 남부러울 것이 없다고 생각했다.

어른이 된 후에 난 구름다리에 다시는 올라가지 못했다. 구름다리를 올라가기엔 너무 커버렸거나, 구름다리가 너무 낮아서 시시해져버렸거나 둘 중의 하나일 것이다. 하지만 여전히 구름다리 위에 다시 올라가는 것은 다시 한 번 이루고픈 나의 로망이다.

동네의 가게들은 다 어디 갔을까

Romance. 21

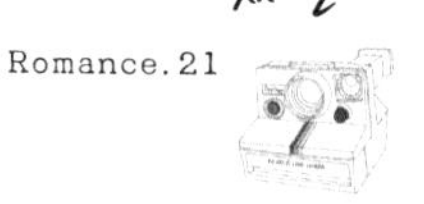

모든 것들이 대형화되면서 동네에서 사라진 것들이 있다. 바로 작은 서점과 동네 레코드 가게다.
대형 서점에 가면 웬만한 책을 다 구할 수 있고 혹시 없더라도 주문하면 며칠 안에 책을 구해볼 수 있지만, 확실히 예전 같은 낭만은 없어졌다. 예전 동네 서점에는 주로 참고서를 사러 갔지만 매달 잡지가 나오던 날짜에 맞추어 서점을 들락거렸다. 친구와 함께 서점에 가서 그 달에 나온 잡지를 모두 탐독하다가 심사숙고 끝에 각자 한 권씩 나눠서 산 다음 서로 바꿔보곤 했다. '소방차'의 광팬이었던 친구는 소방차가 나온 『여학생』이란 잡지를, '동물원'의 팬이었던 나는 동물원이 나온 잡지 『쥬니어』를 샀다. 마음씨 좋은 주인아저씨는 잡지 부록 중에 남는 것을 가끔 덤으로 주었다.
특별히 책을 많이 읽는 아이도 아니었지만 책 욕심은 많아서 책을 사서 책장에 꽂아두는 것만으로도 쾌감을 느꼈다. 그러나 서점 징크스가 하나 있는데 그건 서점에서 원하는 책을 발견하면, 나도 모르게 화장실에 가고 싶어진다는 것이다. 쾌재를 부름과 동시에 배속에선 꾸르륵 소리가 나서 책을 산 후에는 바로 집으로 뛰어들어가 화장실로 직행했다.

그때 그 동네 서점 아들은 어릴 때부터 책을 많이 읽어서일까, 눈이 나빴다. 나는 대학생이 된 그 오빠가 읽는 책을 따라 읽기 위해 이해할 수 없는 사회과학 서적도 쓸데없이 사곤 했다. 하루 종일 책을 읽을 수 있어서 얼마나 좋겠냐며 그를 부러워했었지만, 생각해보면 어떤 책이든 바로 옆에 두고 있던 그가 부러웠던 게 아닐까. 대학생이 되면서 동네 서점에서는 내가 원하는 책을 구해보기 힘들어졌다. 서점 아저씨는 내가 원하는 책마다 없는 것이 난감했는지 나만 보면 미안한 표정을 지었다. 책을 기다릴 수 없어서라기보다 서점 아저씨가 나에게 미안해하는 게 싫어서 점점 동네 서점을 멀리하게 됐다. 내가 먼저 그 동네를 떠났는지, 서점이 먼저 없어졌는지 기억이 나지 않는다. 아마 비슷한 시기에 나도 동네를 떠났고 그 동네 서점도 대형 서점에 밀려 사라졌던 것 같다.

여전히 지금도 책 욕심만 많은 나는 서점 가는 것을 좋아한다. 책을 구입함과 동시에 그 책을 읽은 것 같은 착각이 들면서 나는 계속 책을 사들인다. 그 책을 선택했고, 그 책이 내 책장에 꽂힌 것만으로 뿌듯해지는 마음은 막을 길이 없다. 친구와의 약속 장소로도 서점을 자주 애용한다. 서점에서는 누군가를 기다리는 것도 그 사람이 혹시 조금 늦더라도 외롭지 않으니까. 그래서 나는 또 서점을 놀러가듯 간다.

서점과 오락실만큼 자주 가던 곳이 바로 동네 레코드 가게였다. LP판을 모았던 나에게 동네 레코드 가게 아저씨는 밤마다 듣던 라디오 DJ 이문세 다음으로 중요한 존재였다. 하굣길에 레코드 가게에서 들려오는 음악이 거리를 가득 채울 때면, 걸어가는 사람들 모두가 멜로 영화의 주인공들 같았다.
이문세의 「소녀」, 유재하의 「지난 날」, 동물원의 「잊혀지는 것」, 김현철의 「동네」, 푸른하늘의 「겨울바다」, 빛과 소금의 「샴푸의 요정」 같은 노래들이 거리에 흘러나오면 나는 마치 나의 노래가 거리에 퍼지는 것 마냥 쑥스럽고, 기쁘고, 행복했다. 에어 서플라이, 비틀스, 김현철, 동물원, 빛과 소금, 들국화, 어떤날의 앨범을 처음 샀던 곳도 그 레코드 가게였다. 기다렸던 새 앨범이 나왔나 매일 들락거리며 묻는 나에게 아저씨는 "음악 좀 듣는 아이구나" 딱 한 마디를 해줬는데 그 말이 나는 "공부 잘하는 아이구나" 또는 "예쁜 아이구나"와 같은 칭찬보다 훨씬 기분 좋았다.
레코드 가게에서 사온 따끈따끈한 LP의 포장 비닐을 칼로 조심스럽게 뜯어 턴테이블에 올려놨을 때, 빙글빙글 도는 LP와 빙글빙글 퍼지는 음악들을 들으며 얼마나 행복했던지. 그 레코드 가게에선 사진 현상도 했는데, 당시 동아기획 소속 가수들의 팬이었던 나는 봄여름가을겨울, 시인과 촌장, 김현철의 콘서트 때 찍은 사진의 현상을 맡기면서 은근히 주인 오빠가 내 사진을 감상해주기를 바랐던 것도 같다.
수준 높은 팬임을 은근히 자랑하고 싶었던 것일지도 모른다. 아니

Record
RHBC SOUND SYSTEM
RHBC SOUND SYSTEM

OPEN
RADIO FLYER

나 다를까 아저씨는 콘서트 사진이 담겨 있는 사진 봉투를 나에게 건네며 물었다.

"콘서트 같이 갔던 언니는 대학생이니?"

"왜요?"

"예뻐서. 아는 언니니? 소개팅 좀 시켜줘."

"별로 친한 언니 아니에요. 연락처도 몰라요."

거짓말을 했지만 고등학생이라며 나는 거들떠도 안 보던 아저씨에게 내심 섭섭했다. 그렇게 내가 사랑했던 레코드 가게도 어느 날인가 문을 닫았다. 레코드 가게 아저씨는 〈8월의 크리스마스〉의 한석규처럼 불치병에 걸리지도 않았고, 나도 심은하처럼 가게 창문에 눈덩이 한 번 던지지 못했지만, 어느 날 갑자기 레코드 가게는 문을 닫았다.

그때 내가 문을 닫은 레코드 가게를 보고 망연자실하며 울었는지는 기억나지 않는다. LP가 사라진 시점과 비슷하게 문을 닫았기에 언제나 LP를 추억하면 그 레코드 가게가 동시에 떠오른다. 20년 전 예향 레코드 가게에서 산 LP가 듣고 싶은 밤이다.

여행가방이필요해

Romance. 22

토이의 「von voyage」를 들으면서 여행 가방을 싼다. 여행지에서 입을 옷, 편한 운동화, 거품목욕도 할 겸 입욕제도 하나 넣고, 햇볕에 그을린 피부를 진정시키는 수분팩은 필수다. 해변에서 입을 옷, 챙 넓은 모자, 선글라스, 라벤더 향이 나는 수면 안대까지 잊지 않고 여행 가방의 빈자리에 꼭꼭 챙겨 넣는다. 비행기에서 읽을 책도 잊지 않는다. 니콜 크라우스의 『사랑의 역사』, 알랭 드 보통의 『우리는 사랑일까』, 미야베 미유키의 『모방범』도 한 권 정도 넣는다. 26인치 여행 가방에 짐들을 차곡차곡 넣다 보면 가슴이 콩닥콩닥 뛴다. 여행의 흥분은 짐을 싸는 순간 시작된다. 이 조그만 가방 안에 넣은 물건들은 24시간 후엔 나와 함께 지구 저편에 가 있게 된다. 모두 잠들어 있는 이른 새벽, 여행 가방의 바퀴 소리가 유독 크게 울린다. 싸구려라서 그런가. 혹여 이웃이라도 깨우지 않을까 염려될 때도 있지만, 곧 그 염려는 "나 오늘 한국을 잠시 떠나요. 일주일 후에 돌아올게요"라며 이웃에게 보내는 인사로 바뀌어 있다.

K

오래 쓴 여행 가방을 들면서 다음엔 바퀴 소리도 매끈한 좋은 것으로 바꿔야지 하고 마음먹는다. 수하물 칸에서 수많은 여행 가방들이 마치 똑같이 찍힌 붕어빵처럼 나올 때, 내 가방이 어떤 것인지 구분이 안 가서 다른 사람 가방을 집었다 놓는 경험을 몇 번 하고 나서는 한눈에 봐도 구분할 수 있는 여행 가방에 대한 욕심은 더욱 커졌다.

여행 가방이 중요한 이유는 여행 가방은 여행을 떠날 때마다 나와 함께하는 여행 파트너기 때문이다. 함께 여행 가는 친구는 바뀔 수 있지만 큰맘 먹고 산 여행 가방은 낡고 해지기 전까지는 나와 함께 여행길에 오르는 든든한 파트너다. 어떤 캐리어가 나와 잘 어울릴까? 내가 갖고 싶은 캐리어의 리스트를 적어보았다.

루이비통 트렁크

역시 명품은 명품이다. 연예인들이 인천국제공항에 나타났을 때, 나는 그들의 루이비통 여행 가방을 더 유심히 봤다. 특히 귀여운 동물 무늬가 그려진 리미티드 에디션은 다시 한 번 루이비통 여행 가방에 대한 로망에 불을 붙였다. 특별히 루이비통의 팬은 아니지만, 루이비통의 로고는 네모난 각 안에 들어가 있는 것이 가장 멋져 보인다. 영화 〈다즐링 주식회사〉에서 세 형제들이 아버지의 유품이라고 끌고 다녔던 트렁크도 인상 깊었다. 영화 마지막에 형제들이 아버지의 잔재인 그 가방을 기차에서 던질 때, 정말 지구 끝까지 따라가서라도 주워 오고 싶었다. 하지만 루이비통은 그저 로망일 뿐이다.

샘소나이트 블랙라벨

여행 가방이란 이미지를 떠올리면 가장 먼저 떠오르는 브랜드다. 내구성과 실용성으로 따지면 최고가 아닐까 싶다. 괜히 여행 가방의 대명사가 된 것이 아니다. 출장 갈 때, 가져가면 내가 더 멋진 사람이 된 것 같아 신날 것 같다. 가격도 한 번쯤 꿈꿀 만하다.

프리마 클라세

여행 가방에는 세계지도가 그려져 있는 것이 좋을 것 같다. 세계여행을 가는 느낌도 들고 보물찾기 하러 떠나는 느낌도 들지 않을까. 프리마 클라세는 오래 쓰면 쓸수록 나만의 색깔이 묻어나면서도 고급스러움이 살아날 것 같은 가방이다. 여행을 가지 않을 땐 방 안에 두고 보물 상자처럼 사용할 수도 있을 것 같다. 물론 가격이, 음, 만만치 않다.

만화 캐릭터 여행 가방

나랑 가장 잘 어울리는 가방은 이런 게 아닐까. 도쿄에 가면 살 수 있는 미키마우스가 그려진 여행 가방, 비싸지도 않으니 편하게 쓸 수 있고, 수하물을 찾을 때도 멀리서 금세 내 것인지 확인할 수 있어 좋을 것 같다. 30대 후반의 나이에 캐릭터 가방이라니 주책스럽다고 말할 수도 있겠으나, 여행 가방이니까 괜찮지 않을까 싶다.

결국 가장 가지고 싶지만 너무 비싸서 살 수 없는 여행 가방은 루이비통, 조만간 구입하고 싶은 것은 샘소나이트, 늙기 전에 한 번쯤은 가져보고 싶은 것은 프리마 클라세, 그리고 현재 살 수 있는 것은 캐릭터 여행 가방인 셈이다.

서재 결혼시키기

Romance. 23

재미 삼아 인터넷에 떠돌던 '독서 취향 테스트'란 것을 해본 적이 있었다. 마음에 드는 구절, 문체, 표지 등 몇 가지 질문에 답하면 자신의 독서 취향을 알 수 있는데 그게 의외로 정확해 놀랐다. 내 스타일은 평론가의 까탈이라며, 일명 '북방 침엽수림' 타입으로 판명되었다. 호르헤 보르헤스 같은 잘 짜인 지적이고 심오한 문학을 좋아하며 온정적인, 평범하고 엉성한 베스트셀러를 싫어한다나. 혹독한 추위, 거대한 영향력, 치밀한 생명력과 같은 이런 환경은 나의 책 취향과 깊은 관련이 있다고 했다. 나의 독서 취향의 결과 내가 좋아하는 작가들은 알랭 드 보통, 페터 회, 호르헤 보르헤스로 나왔다. 실제로 알랭 드 보통과 페터 회는 내가 가장 좋아하는 작가 들이기도 하다.

북방 침엽수림이라니, 추운 날씨를 좋아하진 않지만 평범하고 온정적인 글보다는 머릿속이 상쾌해지는 차갑고 지적인 문체를 선호한다고 스스로 평했는데 대충 알아본 독서 취향의 결과도 비슷하

다며 고개를 주억거렸다. 친구들 몇 명에게도 이 테스트를 해보라고 말해줬는데 신기하게도 가까운 친구들 중에는 유독 '북방 침엽수림' 타입이 많았다.

그 사람이 읽는 책을 보면 그가 어떤 세계에서 살고 있는지 알 수 있다. 나 역시 다른 누군가의 집에 처음 가면 그 사람의 서재를 유심히 보게 된다. 그들이 읽어온 책은 그들이 살아온 역사를 말해주는 것 같다. 때로는 그 시절 내가 읽었던 책을 누군가가 읽었다는 사실만으로도 친구가 된 것 같은 동지의식을 느낀다. 만약 같은 음악을 좋아하는 사람이 연애하기 좋은 상대라면 삶의 동반자를 택할 때는 그가 어떤 책을 읽어왔는지, 또 좋아하는지를 보고 선택하라고 말해주고 싶다. 독서 목록과 취향은 이성과 감성의 영역을 두루 넘나드는 것이기 때문이다.

앤 패디먼의 『서재 결혼시키기』와 같이 책을 사랑하는 여자들에겐 책을 읽는 남자에 관한 로망이 존재한다. 앤과 그녀의 남편 조지는 책으로 서로의 환심을 샀으며, 서로의 자아뿐 아니라 서재와도 결혼했다. 오타가 난 지역 신문을 모으며 기사 분량이 임계 질량을 넘으면 편집자에게 보낼 것이라는 엄마, 도서관에서 빌린 책에서 오자를 찾아 교정해주는 아빠, 레스토랑의 메뉴판, 소프트웨어 설명서에서 철자, 문법, 구문의 오류를 잡아내는 패디먼 가족 역시 예사롭지 않다.

남편으로부터 받은 고서적 9킬로그램을 생애 최고의 생일 선물로 여기고, 집에 있던 책들 가운데 두 번 읽지 않은 유일한 책이라는 이유로 1974년 도요타 자동차 설명서를 읽는 앤 패디먼, 그 방대한 독서량과 독서 취향은 그 누구도 따라갈 수 없을 정도다. 솔직히 나는 그녀가 읽는 책들에는 관심이 없다. 극지방 탐험에 관한 이야기나, 『우신예찬』『가장 먼 북쪽』 같은 책은 죽었다 깨도 읽지 못할 것이며 읽을 계획도 없다.

하지만 앤 패디먼의 책을 대하는 태도와 입장은 책을 아끼는 사람이라면 이 정도는 되어야 한다는 전형을 보여준다. 그녀가 책을 대하는 태도는 참으로 사랑스럽다. 헌 책에 쓰인 헌사를 찾아 읽고, 책에 나온 장소에서 그 책을 읽는 현장 독서를 즐기며, 카탈로그까지 탐독하며, 헌책방에 열광하는 그녀의 태도는 책에 관련된 각종 로망을 불러일으키며 동시에 책에 얽힌 추억을 회상하게 만든다.

곰을 좋아하는 앤이 그녀의 남편 조지로부터 처음 선물 받은 책은 어니스트 톰슨 시튼의 『회색 큰곰의 전기』라고 했다. 세 번째 책장엔 이런 헌사가 수줍게 자리하고 있었다. '진정한 새 친구에게.' 그녀는 헌사의 강조점이 어디에 찍혔는지에 따라 그가 영원히 자신에게 헌신하겠다는 문구일 수도 있다고 생각해 어떤 암호 해독가보다도 꼼꼼하게 그 세 단어를 연구하는 모습을 보여준다.

그녀가 조지에게 처음 준 책은 조셉 미첼이 풀턴 어시장에 관해 쓴 이야기인 『늙은 플러드 씨』로 그 책에 그녀는 이런 헌사를 썼다.
'조지에게, 앤이 사랑으로.'

어떻게 보면 식상한 동시에 꽤 담백한 헌사처럼 보이지만 막 사랑을 시작하는 그들은 책에 뭐라고 멘트를 써야 하나 몇 날 며칠 고민했을 것이다. 앤도 책을 받고 나서도 조지가 쓴 뜻을 분석하기 위해 방점을 '진정한'에 찍었다가 '새'에 찍었다 '친구'에 찍기를 반복했다.
누군가에게 책을 선물할 때 과연 나는 어떤 헌사를 적었던가. 구구절절 쓸 순 없고, 책에 대한 감상을 쓰기엔 촌스럽고, 그렇다고 사랑 고백 같은 것을 쓰기엔 쑥스러워 결국은 시시하게 "내가 좋아하는 책이야. 너의 마음에도 들 거야"라는 말로 고백을 대신했다.

누군가에게 책을 선물하는 것은 옷을 선물하는 것보다 쉬운 일이 아니다. 책 선물이 옷 선물보다 금전적으로 부담이 덜할지는 모르지만 그 사람과 지적인 부분을 공유하고 싶다는 뜻이고, 더 나아가서는 감성과 이성을 연결하고 있는 한 세계를 공유하고 싶다는 적극적인 의지가 개입된 고백일 수도 있다. 서점에서 파는 베스트셀러 자기계발서만 읽는 남자에게 움베르트 에코의 책을 선물해봤자 그는 그 책 깔고 잠만 잘 것이 분명하다. 그렇지만 나는 마음에 드는 친구에게 기형도의 『입 속의 검은 잎』을, 밀란 쿤데라의 『농담』을, 제롬 데이비드 셀린저의 『호밀밭의 파수꾼』을, 알랭 드 보통의 『우리는 사랑일까』를, 폴 오스터의 『달의 궁전』을 지치지도 않고 선물했다.
그 책들은 지금 어디 있을까. 서재 구석에 남아 있을지도, 그들의 침대 옆 책장에 있을지도, 아니면 헌책방에 보내졌을지도 모른다. 그중 한두 권은 나에게 다시 돌아오기도 했으며 차마 전해주지 못

サービス開始予定について
だき、誠にありがとうございます。
のpasmoサービス開始につきましては、
ります。サービス開始までの間はご不便を
お待ちいただきますようお願い申し

한 것도 있다. 책 주인들의 안부도 모르니 그 책에 쓰인 낯간지러운 헌사들을 다시 볼 일도 없다.

중학교 때 아빠의 책장에서 김동인의 단편소설을 발견한 적이 있다. 아빠의 대학 시절 읽던 책에는 아빠의 손 글씨로 이렇게 쓰여 있었다. '꿈꾸기를 멈추지 말라. 1962년.' 친구들이 새 책을 읽을 때 나는 세로로 쓰인 누렇게 색이 바랜 책을 읽었다. 그 외의 몇 권이 더 있었는데 오래된 책을 읽으면서 나는 아마도 책벌레 아빠를 가진 것을 자랑스러워했던 것 같다. 아빠가 청년 시절 어떤 꿈을 꾸었을까? 아빠가 그은 밑줄은 청년 시절의 아빠를 떠올리게 했다.

책을 준 사람은 인생에서 사라지더라도 책은 남는다. 보통은 책의 헌사를 책 표지 바로 뒷장에 쓰지만 책 중간 중간에 쓰는 것도 재미있다. 책을 읽다가 내가 쓴 헌사를 한 구절씩 발견하게 될 때의 기쁨. 마치 뜻하지 않게 받은 선물처럼 그 내용은 상대를 기대하고 들뜨게 만들 것이다.

한 번 읽은 책을 또 다시 꺼내서 읽는 일은 흔치 않지만 좋은 책은 꼭 사서 읽어야 제맛이다. 누군가로부터 책을 빌려서 읽으면 왠지 다른 사람의 지식을 훔치는 것처럼 마음이 편치 않았다. 돈을 지불한 내 것이어야만 내 눈으로 읽어서 머릿속에 들어온 책의 내용도 나의 것이 될 것만 같은 기분이 들어서 책은 사서 본다. 빌려 읽은 책이 마음에 들었을 때는 다 읽은 후에 똑같은 책을 한 권 구입한다. 읽고 싶은 책을 대여섯 권 사오면 마음이 든든하다. 책을 읽다가 기억하고 싶은 구절이 있을 때는 밑줄을 긋기도 하는데 신기한 것은 시간이 오래 지나고 다시 읽을 때에도 밑줄을 긋고 싶은 부분은 동일하다는 것이다. 밑줄 그은 구절만 떠올려도 책을 읽던 그 시절이 떠오른다.

책을 많이 읽는 부모에게서 자란 아이들 역시 책을 많이 읽는다. 한 후배 부부는 집에서 텔레비전을 별로 보지 않고 침실과 서재에서 나란히 책을 읽곤 하는데 돌이 안 된 딸 역시 텔레비전에는 별다른 반응을 보이지 않는 대신 그림책은 물고 빨며 논다고 한다. 굳이 책을 많이 읽어주지 않아도 부모가 책을 읽는 모습만 보여줘도 아이는 그 모습을 그대로 닮는다는 이야기다. 비싼 어린이용 전집도 중요하지만 더 중요한 것은 책을 가까이하는 습관, 책에 둘러싸인 풍경일 수도 있다.

패디먼은 어려서부터 남들이 블록 쌓기 놀이를 할 때 전집으로 성 쌓기 놀이를 하며 놀았다. 아이가 책을 가까이하게 만드는 방법 가

돈이 가득 찬 지갑보다는
책이 가득 찬 서재를 가지는 것이
훨씬 좋아 보인다.

_존 릴리(미국의 작가)

운데 책을 쌓고, 세우고, 다시 배열하는 등 책에 온통 지문을 묻히게 하는 것보다 더 좋은 방법은 없다는 것이 그녀의 지론이었다.

나는 특별한 다독가도, 몇 천 권의 책을 소유한 애장가도 아니다. 한 달에 서너 권 겨우 읽으며 읽지 못한 책을 방 안에 쌓아둘 뿐이다. 그래도 앤 패디먼처럼 누군가와 서재를 합치는 것에 대한 로망은 존재한다. 훗날 나의 아이들이 그 책들을 장난감 삼아 쌓기 놀이를 하며 놀 수 있다면 더더욱 좋겠지만 일단 누군가와 서재를 합치는 로망만이라도 이루어졌으면 좋겠다.

Chapter 3

생각만으로도 즐거워지는 나만의 로망

우아함 그 아름다움

Romance. 24

모 잡지사에서 근무하는 후배 H는 언제 봐도 참 우아했다. 그녀는 다른 사람의 이야기를 조용히 경청하며 어떤 극한 상황에서도 침착함을 유지했다. 특별히 내숭을 떠는 것도 아니었다. 그녀는 그저 자신의 감정에 대해서 항상 솔직하게 반응할 뿐이었다. 지인들끼리 모여 수다 떨면서 한 사람을 도마에 올렸을 때조차 그녀는 늘 공정하고도 조심스러운 시선을 유지했다.

예를 들어 일 중독자에다가 후배들에게 엄격하기로 소문난 선배에 대해 말할 때도 "일에 대한 열정이 많은 사람"이라고 평했고, 보통 여자들이라면 마다할 남자친구의 극성스러운 가족들에 대해서도 적의를 내뿜기보다는 연민으로 감싸 안는 식이었다. 공감과 이해를 표현하면서도 남을 깎아내리거나 함부로 말하지 않는 그녀가 참 신기했다.

말 많고 항상 들떠 있는 쌍둥이자리인 나에게 우아함의 인자를 갖고 있는 여인들은 항상 선망의 대상이다. 그렇다면 대체 이 우아함의 정체는 뭘까? 타고나야 하는 걸까? 〈마이 페어 레이디〉의 일라이자처럼 학습을 받으면 체득할 수 있는 것일까? 하지만 집에서도 풀 메이크업에 볼레로를 입고 교양 있어 보이는 책을 손에 쥔 부잣집 마나님이 꼭 우아한 것만도 아니다.

우아함에 대한 의미는 시대에 따라 조금씩 변한다. 과거 우아한 여성의 대표주자는 그레이스 켈리나 재클린 케네디였다. 일단 우아하고 단아한 외모에 왕비와 영부인에 어울릴 만한 애티튜드를 가진 그녀들은 패리스 힐튼은 절대 따라갈 수 없는 기품과 품위를 지녔다.
우아함에는 여러 종류가 있다. 여성스러운 우아함도 있고, 똑똑해 보이는 우아함도 있다. 서양 사람들은 우아함의 조건으로 'Serenity'라는 단어를 꼽는다. 평온함, 침착함, 온화함이란 의미를 지닌 단어다. 우아하기 위해선 쉽게 흥분하거나 부화뇌동하면 안 된다는 얘기다. 하지만 그저 부드럽기만 하다고 되는 건 아니다. 우아하기 위해선 내적인 힘이 동반되어야 한다.
내가 가장 벤치마킹하고 싶은 여인은 오드리 헵번이다. 특히 젊을 때의 모습보다 나이 들어서의 그녀가 더욱 우아하다고 느낀다. 그녀는 그리 행복하지 못한 결혼 생활을 보냈지만, 어려운 상황 속에서도 항상 빛났다. 그녀는 똑똑한 사람들과 함께 있어도 기죽지 않았으며, 덜 배운 사람들과도 잘 어울렸다. 그녀는 누구에게든 길게 말하지 않고서도 '나는 당신을 이해합니다'라는 눈빛을 보낼 수

아름다운 자세를 갖고 싶으면
결코 당신 자신이 혼자 걷고 있지 않음을 명심해서 걸어라.

_오드리 헵번

있었다고 한다. 진정한 우아함은 이런 배려와 이해심에서 비롯되는 것이 아닐까. 그녀가 아들에게 했던 "아름다운 입술을 갖고 싶으면 친절한 말을 하라. 사랑스러운 눈을 갖고 싶으면 사람들에게서 좋은 점을 봐라. 날씬한 몸매를 갖고 싶다면 너의 음식을 배고픈 사람과 나누어라"만 들어도 그녀의 특별함을 알 수 있다.

그 다음 우아하다고 생각하는 배우는 케이트 블랜칫이다. 그녀는 여신 같은 우아함을 지녔다. 자연스러운 위엄과 신비로움을 지녔으면서 내적인 카리스마까지 가진 여성이라는 생각이 든다. 어떤 상황에서도 결코 휘둘리지 않을 것 같은 내면의 힘은 우아함의 필수 요소이다. 게다가 우아하기 위해선 속된 것들로부터 초월한 듯한 내공을 지녀야 하는데, 그런 면에서는 앤절리나 졸리도 참 우아하다고 느낀다. 과거에는 너무 강하고, 부담스럽던 그녀의 오라에 우아함이 깃들게 된 것은 그녀가 살아온 행적과 시간이 만들어놓은 유산일 것이다. 그녀를 우아하게 만드는 것은 그녀의 필모그래피가 아닌, 그녀가 세상에 보여준 자신의 열린 생각들이다. 독기가 가신 그녀의 얼굴엔 예전에 없던 우아함이 흐른다.

앤절리나 졸리와 또 다른 의미로 우아한 여인 중에 한 명이 바로 칼라 브루니다. 믹 재거, 케빈 코스트너 등의 유명 연예인과 스캔들을 일으킨 톱모델이었지만, 그녀는 이제 프랑스 대통령 니콜라 사르코지의 부인이기도 하다. 외모나 화제성으로만 본다면, 사실 그녀는 우아함과는 약간 거리가 느껴질 수도 있다. 그녀는 차분하고 평온하다기보다 뜨겁고 열정적이기 때문이다.

부유한 이탈리아 가문에서 태어나 3개 국어에 능통하고 독서광으로 알려진 그녀의 우아함에는 자유분방함이 동반되어 있다. 나는 그녀의 노래를 들을 때 그녀가 참 우아하다는 생각이 든다. 영부인이 된 이후에도 여전히 싱어송라이터로 음악 활동을 하고 있는 그녀는 기존의 우아한 퍼스트레이디와는 다른 열정과 자유를 품고 있어서 더욱 특별하다.

30대 중반을 넘고 나니 우아함이 여자에게, 아니 인간에게 있어서 얼마나 중요한 덕목인지 새삼 느낀다. 흐트러지지 않는 자세와 우아한 말투, 그리고 조용한 내면의 힘과 상대방을 편안하게 해주는 배려심이 여자의 우아함을 결정짓는다. 상대방의 긴장을 풀어주는 편안하고 너그러운 이해심을 가진 우아한 여인이 되는 것, 그러기 위해선 일단 입 좀 다물고 다른 사람들 이야기를 더 많이 들어줘야 할 것 같다.

헵번 모자와 도트 프린트 원피스

Romance. 25

여행을 가면 꼭 모자가게에 들어가 모자를 써본다. 난 모자가 참 어울리지 않는 두상인 데다가 얼굴이 '거꾸로 계란형'이라서 웬만한 모자는 잘 어울리지 않지만 어울리는 모자가 있을 것이라는 기대를 버리지 않는다. 데스크는 마감 때 머리를 만질 시간이 없었다는 핑계를 대며 각종 모자를 쓰고 오는데 의외로 그게 꽤 멋스럽다. "모자가 참 멋지네요"라고 한마디 해드리면 "머리를 안 감았다"며 겸연쩍은 멘트로 멋낸 것을 감출 수도 있으니 모자는 뭔가를 감출 수도 드러낼 수도 있는 유용한 소품이다.

학생 때 모자는 며칠 머리를 안 감고 집에 처박혀 있다가 라면 사러 슈퍼마켓에 갈 때 눌러쓰는 물건에 불과했다. 하지만 멋을 내는 어른이 되고 나서는 모자나 벨트, 클러치 백 같은 아이템을 잘 소화하는 사람들을 보면 좀 부럽다. 가끔 원피스에 벨트를 하고 출근을 하더라도, 퇴근할 때는 나도 모르게 책상 위에 풀어놓고 가게 된다. 벨트를 하면 숨을 잘 못 쉬겠고, 모자를 쓰면 머리가 간지러

우니 멋은커녕 족쇄나 다름없다.

그래도 가끔 벨트나 모자를 착용하면 특별히 차려 입었다는 느낌이 들어서 좋을 때도 있다. 벨트는 배를 집어넣게 만들고 모자를 쓰면 귀부인이라도 된 듯한 기분이 든다. 데이트를 할 때 1년에 한 번쯤 챙이 넓은 모자와 원피스를 입고 나가면 남자친구는 "오늘 무슨 일 있어?"라고 의아해했지만 나는 혼자 뿌듯해했다. 물론 가끔 부끄럽기도 했다. 서울 바닥에서 전형적인 휴가 패션을 하고 다니면 시선이 집중되고 대부분은 '저 여자 왜 저렇게 과하시나'의 시선이기 때문이다.

여행 갔을 때 쓰는 챙이 넓은 모자와 여름 원피스는 여행의 낭만을 더 증폭시켜준다. 특히 모자가 주는 비일상성이 좋다. 모자는 여자들에게 햇빛을 가리는 용도라기보다는 오늘의 외출이 좀 더 특별하다는 의지의 표현이다.

해외여행을 갔을 때는 현지의 분위기에 맞는 모자를 사는 재미가 있다. 자외선이 강한 시드니에서는 동네의 작은 가게나 기념품 가게마다 튼튼해 보이는 웨스턴 스타일의 모자를 저렴한 가격에 판다. 아무렇지 않게 들어가 한 번씩 다 써 봐도 주인이 딱히 참견하지 않아 편하게 구경할 수 있었다. 사이즈도 넉넉해서 쓰면 웬만큼 어울리기까지 했다. 모자 가게에 걸린 모자는 옷이나 신발처럼 한 번 써보는 데 부담이 없다. 거울 보고 내 모자처럼 잘 어울리면 "빙고!"를 외치고 싶을 정도였다. 방콕이나 하와이 등 휴양지에서 파는 밀짚모자도 나쁘지 않다. 저렴하기 때문에 바닷가에서 실컷

GILLIS
MODISTES
SOLIDUS PARABOOT SHERWOOD GRAVATI
TESTONI DUREA SPIESS PANAMA JACK
PERON TORLASCO MANZ VALLEVERDE

쓰다가 여행지에 놓고 와도 그 몫은 다했다고 할 수 있으니까.

영화 〈벤자민 버튼의 시간은 거꾸로 간다〉에서 러시아 귀부인이 쓴 모자 때문에 러브스토리가 더 낭만적으로 느껴졌다고 하면 억지스러울까. 안톤 체호프의 『개를 데리고 다니는 여인』의 안나도 항상 베레모를 쓰고 다녔다. 어딘가 모르게 특이한 여자들은 모자를 좋아한다. 밀란 쿤데라의 소설 『참을 수 없는 존재의 가벼움』의 사비나는 체코의 전통 모자인 멜론모를 쓰는 것을 좋아했다. 특히 속옷만 입고 모자를 쓴 채 거울 앞에 서는 것을 좋아했는데 그게 왜 그렇게 에로틱하게 보였는지 모르겠다.

하지만 뭐니 뭐니 해도 모자 중의 최고는 헵번 모자라고 생각한다. 대부분의 여자들에게 어울리며 여성성이란 특허를 부여해주기 때문이다. 특히 이 모자와 도트 프린트 원피스는 찰떡궁합이다. 헵번 모자를 쓰고 원피스를 입으면 나도 모르게 조신하고 귀여운 여자가 된다.

야구장에 갈 때도 모자가 꼭 필요한데 꼭 멋없이 야구 모자만 써야 하나 싶다. 다음에 야구장에 갈 때는 헵번 모자에 도트 프린트 원피스를 입고 발레리나 슈즈를 신고 가봐야지. 하지만 김현수가 홈런을 치면 나도 모르게 흥분해서 모자를 벗어던지고 고함을 지를지도 모르겠다. 조신이고 여성스러움이고 다 내팽개친 채.

내 인생을 캐릭터로 설명할 수 있을까

Romance. 26

공상 전문가는 빨강머리 앤만이 아니었다. 어릴 때부터 지리멸렬한 세상을 탈출하는 나만의 방법은 바로 상상의 나래를 펴는 것이었고, 나의 상상력은 앤 못지않았다. 아홉 살 때, 동생을 때렸다고 엄마에게 쫓겨나 놀이터에서 아빠를 기다리면서 내가 마법에 걸린 공주라고 상상했더랬다. 누구에게나 자신과 동일시하고픈, 영화 속 혹은 만화 속 캐릭터가 있지 않을까. 내 인생의 캐릭터는 나이 먹을 때마다 변했는데, 얼추 꼽아보면 이렇다.

열세 살 : 빨강머리 앤

내가 가장 좋아했던 만화영화 〈빨강머리 앤〉, 지금 생각해보면 빨강머리 앤은 김수현의 드라마 주인공처럼 어린아이치고는 꽤 말이 많았던 것 같다. 하지만 그 아이의 뻔뻔함과 세심함이 좋았다. 가장 맘에 들었던 것은 디테일에 목숨을 거는 태도였다. 특히 그녀의 식탐과 예쁜 물건을 탐하던 태도는 나와 아주 비슷했다. 어디서든

무언가를 기대하는 게 그것에서 얻는 기쁨의 절반이에요.
그걸 얻을 수 없을지도 모르지만,
기대하는 재미는 무엇도 막을 수가 없거든요.
저는 실망하는 것보다 아무것도 기대하지 않는 것이
더 나쁘다고 생각해요.

_루시 M. 몽고메리, 『빨강머리 앤』에서

할 말 다하지만 알고 보면 소심하고, 소녀다운 상상을 포기하지 않으며 용감했던 소녀였다. 어느새 어엿한 숙녀가 된 빨강머리 앤은 어린 시절 나에게 "너도 가능성이 있어"라고 말해주었다.

스물한 살 : 무라카미 하루키의 소설 『상실의 시대』의 미도리

주인공 와타나베가 '봄날의 곰'만큼 사랑한다 했던 아이. 나오코가 아련한 안개처럼 정적인 여성이었다면 미도리는 봄을 맞아 세계로 갓 뛰쳐나온 작은 동물 같은 여자였다. 말수 적은 와타나베에게 매일 수다를 떨었던 그녀, 미도리를 알게 된 후부터 내가 이상적으로 생각했던 남녀의 이상적인 모습은 항상 와타나베와 미도리였다. 새콤달콤 불량식품 같은 맛에 형광 초록색 머리를 한 칵테일 같은 그녀를 닮고 싶어서 대학 시절, 머리를 오렌지색으로 물들인 채 풍선껌을 씹으며 전철에 앉아 비틀스 노래를 흥얼거렸다. 괜히 좋아하는 남자에게 들이댄 것도 같다.

스물아홉 살 : 아멜리에

아멜리에를 캐릭터로 삼기엔 나는 너무 나이가 많았지만, 그녀를 처음 본 순간 반해버렸다. 조용히 작은 일상을 기적처럼 만드는 캐릭터에 푹 빠져버렸다. 그녀의 방, 그녀가 일하던 카페, 그녀가 놀던 공원 등 그녀의 흔적이 남아 있는 공간까지 사랑스럽다. 게다가 하얀 얼굴에 까만 단발머리, 빨간 니트는 영원히 내가 패러디하고 싶은 스타일 중 하나다. 얼굴색만큼은 도저히 따라갈 수 없어서 포

기했다.

서른 살 : 영화 〈싱글즈〉의 나난

인생이 실수연발, 대범한 척하나 소심한 여자. 브리짓 존스만큼 억세지 않은데다, 나름대로의 평범함이 페이소스를 불러일으켰다. 장진영은 보이시하면서도 여성스러운 캐릭터를 잘 살리는 배우였다. 게다가 아름다운 자태를 지녔기에 아주 마음에 든다.

서른네 살 : 알랭 드 보통의 『우리는 사랑일까』의 앨리스

나에게 앨리스란 닉네임을 만들게 한 친구. 그녀가 세상(외부의 모든 것. 남자, 여자, 거리, 꽃, 날씨, 바다 등)을 받아들이는 모든 방식이 나의 그것과 너무 닮아서 책을 읽는 내내 나는 그녀가 내 분신처럼 여겨졌다. 안타까운 게 있다면 그녀는 스물다섯 살이었다.

지금은 롤 모델로 잡고 싶은 캐릭터가 없다. 여전히 철없는, 마음만은 청춘인 있는 그대로의 나를 받아들이고 싶어서인지도 모르겠다.
집에 꽂힌 DVD 리스트를 보고 한 후배가 혀를 끌끌 찼다.
"어쩜 이렇게 로맨틱 코미디밖에 없어요?"
소녀적인 취향이 나의 앞길을 가로막아도 할 수 없다. 현실에 존경할 사람도 점점 사라지는 마당에 사랑할 만한 캐릭터가 자꾸 나타나주는 것도 인생을 사는 하나의 낙이 아닐까 싶다. 당신도 사는 게 심심하다면, 닮고 싶은 캐릭터 하나를 골라잡아라.

잇백 It Bag 보다 중요한 것

Romance. 27

누군가를 처음 만날 때, 그리고 그 사람이 여자일 때 가장 먼저 눈길이 가는 곳은 얼굴이다. 그리고 그 다음엔 바로 가방에 눈이 간다. 내가 가방 마니아여서도 명품 마니아여서도 아니다. 이건 여자들의 본능이자 습성 같은 것이다. 어렸을 때부터 나는 가방에 대한 집착이 유독 심했다. 초등학교 입학과 동시에 가방 투정은 시작되었다. 나는 엄마가 시장에서 사준 원더우먼이 그려진 책가방이 싫어서 지퍼를 수백 번 열었다 닫았다 한 끝에 결국 고장 냈다. 그리고 외삼촌이 백화점에서 새로 사준 푸마 책가방을 신주단지 모시듯 갖고 다니면서 '이 가방을 맨 나는 너희들과 달라' 하고 속으로 헛기침을 하면서 잘난 척하고 다녔다.

운동화와 책가방은 당시 아이들 사이에서 나름대로 자신의 취향을 드러내는 수단이자, 부의 척도를 판가름하는 정도가 되었다. '나이스'는 '나이키'로 둔갑할 수 없었고, '프로스팍스'가 '프로스펙스'가 될 수 없었던 시절, 나는 푸마 책가방이 다 떨어질 때까지 애지중지하며 갖고 다녔다.
하지만 막상 나에게 어울리는 가방을 얼마든지 멜 수 있는 어른이 되어서는 정작 욕심을 버렸다. 욕심은 많으나 이상하게 어떤 가방을 들어도 남의 것을 멘 것처럼 어색했기 때문이다. 옷 태가 안 나듯 가방 태가 안 나는 사람이 있다는데 덩치가 작다고 할 수 없는 나는 큰 가방을 들면 덩치가 더 커 보이고 그렇다고 작은 가방이나 핸드백을 매면 고목나무에 매미가 붙은 것 같고. 무엇보다 내가 항상 지니고 다녀야 하는 필수품(책, 다이어리, 화장품 파우치, 아이팟 등)이 안 들어가서 작은 가방을 들고 나온 날에는 이유 없이 불안했다. 수많은 관찰 끝에 어떤 가방이든 잘 어울리는 사람은 결국 키 크고 몸매 좋고 전체적으로 가는 선을 지닌 사람이라는 나름대로의 결론에 도달했다.
가방을 멨을 때는 앞모습도 그렇지만 옆모습이 중요한데 몸이 납작하고 가늘어야 가방을 멨을 때 실루엣이 잘 살아난다. 어떤 백이든 잘 소화하기 위해서는 결국 살을 빼야 한다는 소리인가?
그 후로 10여 년 간 나에게 어울리는 가방에 대한 로망은 점점 더 커졌다. 해외 출장을 갈 때마다 별별 것들을 사면서도 결국 난 나에게 딱 어울리는 가방을 찾지 못했고, 무엇이든 잘 어울리는 몸매를 갖는 것에도 실패했다. 그래서일까. 여전히 멋들어진 가방을 든 여자, 자신에게 아주 잘 어울리는 스타일의 가방을 든 여자를 보면 눈길이 간다.
나는 여자친구가 명품 가방을 사달라고 졸라대서 헤어졌다는 남자

"나는 패션을 만드는 사람이 아니다. 내가 바로 패션이다."

_코코 샤넬

를 여럿 봤다. 지금도 내 친구와 후배 들의 남자친구들은 자신의 여자친구에게 샤넬을 사주려고 열심히 돈을 모으고 있다. "대체 왜 이렇게 여자들은 명품 가방에 집착하는지 알 수가 없다"고 푸념하는 친구에게 난 이렇게 말했다. "남자들이 차에 집착하는 이유랑 같다고 할 수 있지. 마티즈를 타고 다니다 보면 SM5 타고 싶고 SM5 타다 보면 BMW 타고 싶은 심리랑 같은 거야. 여자에게 샤넬은 신화이자, 진리야. 토를 달 수 없어."

각자의 기능만 따진다면 그 차가 마티즈인들, 벤츠인들 알게 뭐인가. 가방이 시장에서 산 비닐이든, 에르메스인들 상관이 없다. 한때 너도나도 할 것 없이 기자와 편집자, 스타일리스트 친구들 모두 샤넬 2.55 클래식의 맹목적 신화에 사로잡힌 적이 있었다(물론 지금도 그러하다). 모 선배는 파리의 상점에 남아 있는 마지막 샤넬 2.55를 거머쥐고 승리의 노래를 불렀다. 명품에는 전혀 관심 없는 후배조차 도쿄에서 어떤 상점에 사람들이 100미터 줄 선 것을 보고 나도 사야 하는 게 아닐까 싶어 무턱대고 줄을 섰는데 정신을 차려 보니 샤넬 매장이었다고 한다. 결혼한 후에 샤넬을 들고 다니는 친구가 있으면 친구들 사이에서 시집 잘 갔다는 말까지 돌았다. 능력 있는 남편을 만났다는 것이다.

대체 왜 여자들은 이토록 샤넬 핸드백에 미쳐 있는 것일까. 샤넬만이 발산하는 정체불명의 아우라는 대체 무엇일까. 샤넬에 여자들이 그토록 사로잡혀 있는 것은 코코 샤넬에 대한 로망도 한몫한다.

모든 여자들의 가슴 한편에는 코코 샤넬처럼 독립적이고 멋진 여성이 되고픈 로망이 자리 잡고 있다. 1900년대 초, 코르셋을 벗어 던지고 남자들만 입고 다녔던 바지를 입고 다녔던 여성, 모두가 색이 아니라고 하는, 검정색으로 이브닝드레스를 만들었던 여성. 샤넬은 단순한 선과 모노톤의 컬러만으로 극도의 여성성을 나타낸다. 간단하면서도 실용적인 스타일을 추구해 우아해지려는 여성들의 허영심을 자극하는 것이다. 일반적이고 정형적인 여성의 틀에서 벗어났으면서 동시에 궁극의 여성성을 만족시켜주는 것은 바로 샤넬이 이룩한 그녀만의 스타일이다.

요즘 내 친구들의 로망은 샤넬 핸드백을 넘어서 켈리백을 향하고 있다. 1,000만 원을 호가하는 켈리백에 수많은 여자들이 열광하는 이유는 뭘까? 아무나 가질 수 없는 천문학적인 가격 때문에? 질리지 않는 디자인과 제품의 퀄리티 때문에? 그보다는 켈리백이란 브랜드가 담고 있는 가치 때문이 아닐까. 얼마 전에 만난 스토리텔링 에이전시의 정영선 이사는 여자들이 켈리백에 홀리는 이유는 그레이스 켈리에 대한 로망 때문이라고 일축했다.

"남자는 돈, 건강, 시간. 셋 중에 하나만 넘쳐도 바람을 피운대요. 그런데 그레이스 켈리의 남편은 명예, 돈, 시간 다 갖고 있으면서 그녀만 사랑했잖아요. 여자가 봤을 때 그레이스 켈리는 가장 행복한 여자인 거예요. 켈리백을 갖고 싶다는 것은 그녀처럼 행복해지고 싶다는 바람인 거죠."

샤넬 핸드백을 맨다고, 켈리백을 갖는다고, 정말 코코 샤넬과 그레

CHANEL
CHANEL

이스 켈리처럼 될 수 있는 것은 아니겠지만 샤넬 핸드백이나 켈리 백에 대한 여자들의 로망은 코코 샤넬과 그레이스 켈리를 대체할 만한 강력한 대상이 나타나지 않는 한, 아마도 좀처럼 사그라지지 않을 것이다.

20대 때만 해도 왜 이렇게 선배들이 모두 샤넬에 미쳐 있는지 이해가 가지 않았다. 심지어 선배가 산 샤넬을 한 번 메봤지만 정말 어울리지 않아서 그 돈 있으면 파리로 여행을 가겠다고 장담했었다. 그러다 서른이 넘자, 서서히 샤넬이 예뻐 보이기 시작했다. 샤넬은 20대보다는 30대 여자들에게 더 잘 어울린다. 20대 아가씨가 샤넬 트위드 정장을 입으면 어딘지 엄마 옷을 빼앗아 입은 것처럼 어딘가 어색하다. 샤넬은 20대 청춘보다는 30대, 여인의 향기가 나는 사람이 입거나 메야 어울린다. 하지만 주변 사람들이 하나둘씩 샤넬 2.55를 사기 시작하자, 나에게 샤넬 핸드백은 수많은 스타벅스 커피 전문점처럼 시들해지기 시작했다.
집 안에 널려 있는 수십 개의 너저분한 백을 본 친구는 한심하다는 듯 이렇게 말했다.
"작은 것에 욕심 부리지 말고 그냥 큰맘 먹고 하나 사. 뭐든지 처음이 어렵지. 명품도 단계가 있거든. 루이비통에서 시작해서 샤넬, 이브생로랑, 그리고 에르메스를 향해 가지. 명품을 메기 시작하면, 그 백이 너에게 잘 어울리기 시작할 거야. 그리고 그게 너의 잇백이 될 거야."

친구의 말이 맞을지도 모른다. 개나 소나 다 메고 다니는 가방마저 없으면 개나 소나도 못 되는 기분이 들 때도 있다. 하지만 누구나 다 메고 다니니, 루이비통 백이 꼭 대학 때 친구들이 한결같이 메고 다니던 '이스트팩'이 된 것 같아, 제발 루이비통은 이제 그만이라고 외치고 싶을 때도 있다. 아직도 난 나에게 잘 어울리는 가방을 찾기 위해 전전하고 있다.

사실 나에겐 잇백에 대한 로망과 함께 공공장소에서 엎어져 가방 속의 내용물이 전부 쏟아지는 상황에 대한 로망도 있다. 내 모든 치부가 드러나는 그 끔찍한 상황에는 항상 왕자가 등장한다. 옆에 있던 한 남자는 나의 가방에서 쏟아진 자질구레한 소품을 주우면서 (제발 휴지조각이나 먹다 남은 스콘은 나오지 않아야 할 것이다) 가방 브랜드가 아니라 그 안에서 쏟아져 나온 책에 눈길을 줄 것이다. 그 책이 니콜 크라우스의 『사랑의 역사』이고 그의 팔꿈치에 끼워진 책이 조너선 사프란 포어의 『엄청나게 시끄럽고 믿을 수 없게 가까운』이면 (조너선 사프란 포어는 니콜 크라우스의 남편이다) 얼마나 좋을까. 잇백이 아니라 그 안에 든 책 한 권 때문에 영혼의 동지, 인생의 동지를 만나게 되는 로망이 내겐 존재한다. 결국 브랜드가 무엇인가는 중요하지 않다. 책 한 권은 너끈히 들어가고, 지퍼가 느슨한 가방이면 충분하다. 중요한 것은 바로 가방에 '어떤 책을 넣고 다니는가'이기 때문이다.

내게도 친구가 필요해

Romance. 28

30대에 들어서면서 미국 드라마 〈섹스 앤 더 시티〉에 고마워졌던 적이 있다. 매일 브런치를 먹는 것도 아니고, 캐리처럼 단어 당 몇 달러를 받는 고급 칼럼니스트도 아니고 그녀처럼 구두를 사 모으지도 않지만, 대한민국에 사는 서른 넘은 여자들이라면 자신이 캐리를 닮았다고 생각한 적이 한 번 정도는 있을 것이다. 미란다는 너무 이성적이고, 사만다는 너무 육감적이고, 샬럿은 너무 공주 같으니, 그 중도를 따르는 캐리를 모두 선망했을 수도 있다. 화자인 캐리 브래드쇼는 30대 여자들의 공감의 그릇이었다.

세월이 많이 흐르고, 드라마 〈섹스 앤 더 시티〉가 끝나고 영화로 다시 만들어졌을 때 한 후배가 이렇게 말했다. "어쩌면 그 네 명 중에 가장 성숙하지 못한 사람이 캐리 아닐까."

표면적으로 본다면 그렇게 보일 수도 있겠다. 까다로운 도덕주의자인 샬럿은 맘씨 좋은 유대인과 결혼해 아이를 낳았고, 미란다는 스티브와 재결합을 하고, 사만다는 자유연애주의자로 돌아왔지만, 캐리만 여전히 제자리걸음을 하는 것처럼 보이기도 했다.

하지만 외적인 변화만이 사람을 성숙하게 할까? 2년 전 개봉했던 〈섹스 앤 더 시티〉 영화는 나를 여러 가지 감회에 젖게 했다. 나와 함께 30대를 보냈던 그녀들은 (사실상 그녀들은 나보다 두세 살 언니들이지만) 어느덧 마흔에 가까운 나이가 됐다. 캐리의 결혼 실패가 영화의 주된 주제였으나, 나는 빅과 캐리의 해묵은 관계보다 친구들의 변화에 관심이 갔다. 이들은 어떻게 성숙해졌을까. 그녀들의 우정은 정말 변치 않았을까.

캐리의 아픔을 함께하기 위해 여행을 떠났다는 것만으로도 그녀들의 우정이 건재함을 확인할 수 있었지만, 정작 내가 감동 받은 장면은 드라마에서 각자 쓸쓸히 한 해의 마지막 밤을 보내다가 캐리가 잠옷에 밍크코트 하나 걸치고 추위를 헤치며 미란다에게 걸어갔던 장면이다. 별것도 아닌 일 같은데, 둘이 만나서 그렇게 서로를 안아줬을 때 눈물이 났다. 나는 저렇게 추위를 헤치고 걸어가서 친구를 안아줄 수 있을까.

세월은 사람을 변하게 한다. 마음이 변하거나, 철없던 사람이 철이 들어서, 갑자기 인생의 진리를 깨달아서 변하는 게 아니다. 상황과 환경이 변하고, 그에 따라서 인생에서 중요하게 생각하는 가치와 우선순위가 변한다.

한때 나에게도 일주일에 여섯 번은 약속이 잡히던 시절이 있었다. 20대 초반부터 서른두 살까지 그렇게 살았다. 한 달에 단 하루도 집에 하루 종일 있었던 적이 없었을 정도로 바쁘게 놀았다. 그런 내가 요즈음은 이런 말을 한다. "친구가 없어."
오랜 세월 나와 함께한 후배가 콧방귀를 뀌며 대꾸한다. "무슨 소리세요, 약속의 여왕께서. 선배 친구 많잖아요. 내가 아는 사람만도 몇 명인데 왜 그래."
친구가 사라진 건 아니다. 우정이 변한 것도 아니다. 그 친구들에게 좋지 않은 일이 생긴다면 나는 가장 먼저 달려갈 것이며 내 친구들 또한 버선발로 달려올 것이라 믿는다. 친구의 엄마가 쾌차하시기를, 건강한 아이를 낳기를, 남편의 일도 잘 되기를 우리 모두 바라고 있다. 나의 엄마가 수술을 받던 날, 얼마나 많은 친구들이 힘내라고 전화를 해줬는지, 그리고 그 말들이 얼마나 고마웠는지 모른다.
다만 현실적으로 우린 서로의 우선순위에서 밀려났다. 사랑을 나눠줘야 할 대상이 늘어나면서 물리적으로 멀어졌고, 그건 마음까지 멀어지게 했다. 전화가 점차 줄어드는 것이 신호였다. 오늘 어떤 불쾌한 일이 있었는지, 소개팅 한 그 남자가 어떤 재미있는 말을 했는지, 무엇 때문에 가슴이 아팠는지 우리는 이제 더 이상 이야기하지 않는다. 어떤 말이나 생각 들을 누군가와 공유하고 공감해야 비로소 의미가 된다고 한다면, 나는 언젠가부터 그 의미를 혼자 되새기기 시작했다.
사랑하는 남자는 까다롭게 고를지언정, 친구에 관해서는 매우 관대하다. 사랑하는 사람은 나를 종종 고통스럽게 하지만, 자신을 고통스럽게 하는 친구와는 관계를 유지할 필요가 없다고 생각한다.

NO
PARKING
ANYTIME

나이가 들면 더 그렇게 된다. 인간이 영악해져서 그렇다기보다, 나이가 들면서 이해관계에 더 철저해지기 때문이다. 하지만 그렇게 외면할 수 있기 때문에 외면하기 시작하면, 친구는 점점 줄어들 수밖에 없다.

얼마 전 친한 친구의 이야기를 다른 이의 책에서 보고 혼자 울었던 적이 있다. 내가 사랑하는 친구였고 정말 절친하다고 생각했던 그 친구의 진심 어린 이야기를 읽고 왈칵 울음이 쏟아졌다(심지어 그 책은 몇 년 전에 나온 책이다. 그걸 이제야 보고서 울다니). 왜 울었을까. 나에게만 소중하다고 생각했던 그 친구가 다른 누군가에게 이렇게 소중한 사람이었다는 것을 알고 일종의 질투 같은 감정과 '내가 과연 이 친구를 제대로 알았던 건가' 라는 반성이 밀려왔다.
최근 조금씩 멀어지고 있다는 감정을 느꼈기에 서운함과 아쉬움, 미안함이 커서 그랬는지 모르겠다. 그런데 '언니네 이발관'의 이석원이 쓴 책 『보통의 존재』에서 그도 나처럼 친구가 없어 고민이라는 것을 보고 어쩌면 우린 이렇게 똑같을까 생각했더랬다. 까칠한(까칠하다기보다 조금 까다로운 것뿐이다) 그러나 성격 좋아 보이는(그러나 사실 알고 보면 까다로운) 그 역시 친구가 없어 외롭다 했다.
사실 친구가 없다는 고민은 내 삶이 다른 단계로 접어들었다는 신호를 내가 이제야 받아들였기에 비롯된 것일지도 모른다. 친구는 항상 필요하다. 가족이 선택할 수 없는 환경이라면, 친구는 그 사람이 생각하고 좋아하고, 행동하는 모든 것의 텃밭이기 때문이다.

이렇게 서로를 위해 시간을 내서 여행을 하는 것이 중요해.
주위를 둘러봐. 결국 인생에서 남는 것은 친구밖에 없어.

_드라마 〈섹스 앤 더 시티〉에서

먹고사는 것 말고도 중요한 가치를 공유하는 동지이기도 하다. 서른여덟 살이 된 나는 앞으로도 새로운 친구들을 만날 것이다. 같은 것을 보고 웃고 즐거워하며, "네가 항상 옳아"라고 맞장구치며 내 편에서 항상 나를 이해해주는 친구, 동질감을 느끼며 행복해할 수 있는 친구, 같은 곳을 향해서 걸어갈 동지가 필요하니까. 고수가 웃을 때 얼마나 섹시한지, 영화 〈아바타〉가 왜 재미없었는지, 김제동이 왜 옳은지, 그 남자의 손가락의 모양새가 얼마나 고왔는지, 그리고 '킹스 오브 컨비니언스' 공연을 함께 갈 친구가 필요하다. 친구 없다는 투정에 앞서 과연 내가 현재 친구들에게 어떤 친구인지도 생각해볼 일이다. 친구가 정말 외로워할 때 혹은 내가 외로울 때 맨발로 찾아가서 친구를 안아줄 수 있는지, 내 고민만 털어놓을 게 아니라 친구의 고민이 무엇인지, 무엇 때문에 힘든지 먼저 물어보고 그녀의 말을 진심으로 들어주는 친구가 될 수 있는지에 대한 고민이 먼저 필요하다. 완벽한 친구에 대한 로망은 내가 과연 누군가에게 얼마나 완벽한 친구인가 돌이켜본 후 갖는 게 마땅하다. 그리고 마음을 여는 것보다 더 중요한 것은 마음을 보여주는 일, 마음을 표현하는 일이다.

낮술에 대한 로망

Romance. 29

'낮술 마시면 부모도 못 알아본다'는 말이 있을 정도로 낮술의 위력은 대단하다. 기자가 된 지 얼마 안 됐을 때의 일이다. 선배를 따라 한 영화 시사회에 갔다가 오후 4시부터 피맛골에서 막걸리를 마시기 시작해서 해가 아직 떨어지기도 전인 오후 6시 30분 즈음 만취해서 종로 길바닥에 드러누운 적이 있었다. 평소 맘에 안 들었던 선배에게 반말로 대든 것은 물론, 좋아하던 선배의 무릎 위에 올라가는 추태를 부려서 망신살이 뻗쳤다. 선배에겐 찍히고, 다른 동료들에겐 남자 보는 눈이 후지다며 수준을 의심 받는 상태에 이르러 한때 별명이 '저질 여기자'가 되어버렸던 낯 뜨거운, 지금은 기억조차 하기 싫은 추억이다.

홍상수 감독의 영화에 빠지지 않고 등장하는 장면이 있다. 바로 등장인물들이 술을 마시는 장면이다. 실제 홍상수 감독의 영화는 배우들이 술자리 장면에서 진짜로 술을 마시고 애드리브도 많이 하는 것으로 유명하다. 영화 뒷얘기나 인터뷰에서 배우들이 술 먹던 이야기를 많이 해서 그런지 영화를 보다보면 '정말로 배우들이 취했구나' 하고 느낄 때가 많다. 꼬부라진 혀와 잔뜩 취기 오른 얼굴을 보고 있자면 '저건 연기가 아냐'라는 생각이 들면서 영화의 재미는 생각지 않은 방향으로 엉뚱하게 흘러간다. 정말일지도 모른다고 생각하니 더 재미있어지는 것이다. 홍상수의 영화는 약간은 치졸하지만 솔직한 인간의 욕망을 적나라하게 그려서 불편하지만 통쾌하다. 어떻게 같은 소재로 10년 넘게 영화를 만들까 신기하기도 하지만, 그의 영화들을 비교적 귀여워하는 나로선 그의 장수 비결은 '인간은 유치하다'는 사실을 솔직히 인정했기 때문이라고 생각한다.

'설마 저런 일들이 일어나겠어' 싶지만 사실 살다 보면 영화보다도 더 영화 같은 상황이 많이 일어난다. 특히 남녀 사이에서 일어나는 애정사는 더 그러하다(그러고 보면 남녀 애정사에 술이 공헌한 바는 실로 지대하다. 술이 없었다면 지구상의 인구가 현재의 반으로 줄었을지도 모른다).

〈생활의 발견〉 〈해변의 여인〉 등 그의 영화에는 조신하지만 알고 보면 개방적인 여자와 대놓고 골 때리는 여자라는 두 가지 유형의 여자가 등장한다. 종종 감독의 남성적인 시선이 불편할 때도 있지만 난 그 여자들을 보며 하하하 소리 내서 웃으며 일종의 대리만족을 느낀다. 〈해변의 여인〉에서 고현정이 김승우에게 문 앞에서 술 취해서 엎어진 자신을 넘어갔는지(넘어가서 다른 여자랑 잤는지 안 잤는지) 따져 물을 때나, 〈생활의 발견〉에서 추상미가 난데없이 누워

TESSONNIERE
MEDOC

서는 "내 가슴이 예쁜가요?" 하고 묻는 장면에서는 실소를 금치 못했다. 동시에 그녀들의 어이없을 정도의 솔직함이 부러웠다. 어쩌면 나도 가끔은 술을 핑계로 말도 안 되는 행동을 해보고 싶은지도 모르겠다. 비몽사몽한 분위기에서 애정 고백도 독설도 시비도 걸기도 하는 인간들이 한심하면서도 부럽다.

인간이 시시해지기로 작정했다면 낮술만큼 효력 있는 것이 또 없다. 노영석 감독의 〈낮술〉을 보다 보면 정말 낮술 생각이 간절해진다. 〈낮술〉은 술을 마시고 취하고 그 취기로 떠들고 객기 부리는 인간에 대해 세밀하게 카메라를 들이댄 귀엽고 사랑스러운 로드무비다. 우연히 강원도에 홀로 떨어진 어느 남자의 좌충우돌 여행기를 담은 이 영화는 고작 1,000만 원의 제작비로 만들어졌다는데 50억 원을 댄 코미디 영화보다 더 웃기고 재밌다. 영화에서 사람들은 서로에게 계속 술을 권한다. 모든 문제는 술에서 시작된다. 술 때문에 인간의 찌질한 욕망이 바지 속의 송곳처럼 드러나고 사람 꼴은 우스워진다. 그런데 그게 참 남의 일 같지가 않다.

술은 예측 불허의 에피소드를 제조한다. 주사가 심하면 문제가 되기도 하지만 소심한 인간은 술의 힘을 빌려 평소 마음에 두고 있던 이성에게 고백도 하고, 어려웠던 선배나 상사에게 대범하게 건의도 하고 재롱도 부릴 수 있다. 물론 심하면 회사에서 잘릴 수 있으니 적당히 해야 한다.

이상하게 낮술은 밤술보다 더 취한다. 술을 마실 수 있는 시간이

더 길어져서 (낮부터 시작해서 새벽까지 이어질 수도 있으니까) 그렇기도 하지만 낮술을 마시는 상황 자체가 뭔가 강력하게 술을 필요로 할 정도로 절절하게 힘들거나 반대로 심하게 심심해서 오늘은 아예 망가지겠다는 각오가 서 있기 때문이 아닐까. 낮술은 저항과 투정의 산물인 것이다.

낮술 인생은 아무래도 궤도를 벗어났다는 느낌이 든다. 낮에 술을 먹고 뻗어도 괜찮을 정도로 한가롭거나 딱히 할 일이 없는 사람들의 전유물 같은 생각이 드니 말이다. 물론 요즈음엔 밤에 일하는 자유직업도 많이 생겨서 꼭 그런 것만은 아니지만 낮술은 어쩐지 밤에 마시는 술보다 사람을 더 인간적으로 만든다. 낮술 먹고 한 번도 취해본 적이 없다는 사람은 왠지 따분한 인생을 살아왔을 것 같은 생각이 든다.

손톱이 예쁜 여자

Romance. 30

〈좋은 사람 있으면 소개시켜줘〉라는 영화를 보면 남자친구가 있는지 없는지는 여자의 눈썹을 보면 알 수 있다고 했다. 눈썹 정리를 안 하는 여자는 남자친구가 없을 가능성이 크다고 했는데, 평생 눈썹 정리 안 하고 살아온 나는 그 대목에서 발끈했지만 어느 정도는 공감할 수밖에 없었다. 어쩌면 공감해서 발끈한 것일지도 모른다.

그렇다면 여자의 손톱을 보아도 남자친구가 있는지 없는지 알 수 있지 않을까? 전혀 다듬지 않은 날것 그대로의 손톱, 가히 남자의 것이라도 해도 믿을 만한 내 손을 보고 있자니 좀 씁쓸해진다. 호텔에서 홍보실장으로 일하는 친구 한 명은 늘 다른 색깔의 매니큐어를 바른다. 경쾌하고 상큼한 컬러는 호텔의 이미지와도 잘 어울린다.

15년 전 마광수 교수는 "야한 여자가 좋다"고 말해 사회에 파장을 일으켰다. 지금 생각해보면 그리 대단한 얘기도 아닌데 당시 보수적인 교수사회 분위기 때문인지 그는 순식간에 이상한 사람으로

몰리게 됐다. 그런 마광수 교수가 자신은 손톱에 대한 페티시가 있다고 잡지 인터뷰 도중 고백했다. 어렸을 때 읽은 기사였지만, 신기했는지 지금도 손톱 예쁜 여자를 보면 마광수 교수의 고백이 떠오른다.

난 손톱 정리를 한 번도 받아본 적이 없다. 큐티클을 정리하고 영양을 공급한다는 차원에서 실험 삼아 받아본 적은 있지만 매니큐어를 입힌 적은 한 번도 없다. 무언가를 바르면 답답하다는 핑계를 대곤 하지만 솔직히 말하면 관리를 못하기 때문에 결국 더 지저분해지고 말아서이다. 가장 싫어하는 시간이 바로 미용실에서 파마약을 바르고 있는 시간과 손톱 정리를 받고 매니큐어를 말리는 시간이다. 게다가 한 번 받기 시작하면 계속 받아야 한다는 것도 싫다. 벗겨진 매니큐어는 맨 손톱보다도 더 흉측하다. 이런저런 이유로 손톱을 다듬진 않지만 가끔은 아무것도 바르지 않은 손톱을 한 채로 외출하는 것이 벌거벗고 시내로 나가는 것처럼 부끄러울 때가 있다.
나도 손톱 예쁜 여자가 좋다. 손이 예쁘다는 것과 손톱이 예쁘다는 것은 좀 다른 문제인데, 잘 다듬어진 빨간 매니큐어가 발린 손톱은 관능적이다. 그다지 손톱 다듬기에 관심 없는 여자가 보기에도 빨간 매니큐어가 발린 가늘고 긴 손가락은 유혹적이다. 특히 별로 가꾸지 않거나 투박하게 생긴 여자가 손톱이 고우면 이상하게 더 섹시하게 느껴진다.

눈보다 코가 먼저 들어오는 매부리코의 배우, 예쁜 것과는 거리가 좀 있는 배우 바브라 스트라이샌드는 손이 참 예쁘다. 더 정확히 말하면 손톱이 참 예쁘다. 그녀가 출연했던 영화들이나 오래된 앨범 재킷을 보면 그녀의 코 다음으로 손톱에 눈길이 간다. 우연히 본 영화에서 희고 작은 손, 그 긴 손톱에 붉은 매니큐어가 발라져 있는 것을 보고 난 이후엔 그녀를 보면 그녀의 긴 코보다 그녀의 긴 손톱이 먼저 보였다.

매일 노메이크업에 헐렁한 면 티셔츠와 청바지 차림으로 다니는 털털한 한 여자 후배는 일주일에 한 번 꼭 손톱 정리를 받는다고 했다. 이유가 궁금해 물었더니 웃으며 답해주었다. "그때만큼은 제가 진짜 여자가 된 기분이 들거든요. 선배도 해봐요. 가끔 과감한 컬러를 바르면, 나 같지 않아서 좋다니까요."

후배의 손은 예쁘다고 할 순 없지만, 짧고 뭉툭한 손에 발린 꽃분홍 매니큐어는 그녀를 여자로 보이게 했다. 어쩌면 바브라 스트라이샌드나 털털한 후배나 일반적인 기준의 미인과는 거리가 있지만 그녀들의 손톱은 그녀들의 여성성을 드러내는 중요한 수단이 아니었을까. 그런데 정말 매니큐어를 바르면 남자친구가 생길까?

고양이를 닮은 여자

Romance. 31

내가 고양이를 키운다고 하자 남자들이 혀를 끌끌 차며 말했다.
"싱글 생활이 길어지겠군."
강아지를 키우는 싱글에겐 별말 안 하면서 왜 고양이를 키운다고 하면 그런 말을 할까. 내 푸념을 가만히 듣고 있던 한 선배가 말했다. "고양이를 키운다고 하면 싱글의 자리에 완전한 영역 표시를 한 느낌이 들어. 혼자 살 완전무결한 준비를 마쳤다는 표시를 한 느낌이랄까. '난 이제 외롭지 않아요' 라고."
생각해보니 그럴 수도 있겠다 싶었다. 혼자 사는 여성이 강아지를 키우는 건 쉽지 않다. 강아지는 혼자 있는 걸 못 견디는 동물이기 때문이다. 고양이의 진정한 매력을 알기 전에 고양이를 선택하는 이유는 대체로 키우기 쉽다고 생각해서이다. 하지만 고양이를 키우다 보면 정말 싱글과 고양이는 여러 모로 닮았다는 생각을 많이 하게 된다. 그래서 점점 고양이와 일체감을 느끼고 심해지면 다음과 같은 상태에 이르게 된다.

1. 혼자만의 시간과 내 영역을 침범 받는 건 싫어!

고양이는 아주 독립적인 생물체다. 사람을 자신의 주인이라고 생각하지 않는다. 친구 정도로 평가해주면 과분하다. 내가 키우는 고양이 알렉스는 나를 자신의 룸메이트 정도로 여기는 것 같다.

지난 마감 즈음, 방문을 닫고 잠든 적이 있었다. 내 방에 들어오지 못해 화가 난 알렉스는 그날 밤 냉장고와 책장에 올라가 온갖 물건들을 집어던졌다. 왜 저렇게 난리를 쳤을까 생각해보니, 내가 방문을 닫고 자느라 방에 들어오지 못해 화가 난 것이었다. 내심 귀엽다고 생각했다. 짜식, 엄마를 알잖아.

그런데 며칠 전에 동생이 우리 집에 놀러와 자고 가는 바람에 나는 작은 방에서 자고 동생은 내 방에서 잤다. 동생 역시 방문을 닫고 잤는데 그날도 역시 알렉스가 거실에서 난동을 부렸다. 내가 작은 방으로 계속 데리고 왔지만 소용없었다.

"엄마 여기 있잖아. 왜 그래."

고양이를 달랬지만 소용없었다. 알렉스는 큰 방을 자기 방이라고 생각한 거였다. 자기 공간에 다른 사람이 와서 방문을 닫고 잔 것에 흥분한 거다. 알렉스는 나 때문에 삐친 게 아니라, 자기 영역에 남이 침범하고 자신을 못 들어오게 한 것에 화가 난 거였다. 그러고 보면 고양이는 인물 편향적이 아니라, 장소 편향적인 동물이라는 것이 맞다. 사람보다 장소, 자신의 영역이 훨씬 중요한 동물이다. 그건 노처녀와 어느 정도 비슷하다. 좀 서글픈 일이지만, 나이가 들면 사람은 떠나고 공간만이 남는다. 내가 생활하고 즐겨 찾는

공간, 그 안에서 보내는 나만의 시간만이 남는다.

2. 자존심 빼면 시체

고양이는 깔끔하기로 유명한 동물이다. 목욕하는 것은 죽어라 싫어하면서 하루 종일 털을 고르느라 바쁘다. 자기 화장실에서 볼일을 보고 나서 고상한 척, 아무 일 없었던 듯 나오는 알렉스를 보면 좀 웃음이 난다. 유난스럽게 발을 털고 있지만 제 엉덩이에 가끔 똥을 묻히고 나오기 때문이다. 하지만 난 그런 고양이가 너무 사랑스럽다. 공주님의 인간적인 모습을 보는 기분이랄까. 완벽주의자가 실수하는 모습을 본 것 같은 기분이다.

누가 더 높은 곳에 올라가는지 내기를 하나 싶을 정도로 높은 곳을 향한 고양이의 열망은 대단하다. 옷장, 냉장고 등 힘 닿는 한, 최대한 높은 곳에 올라가려는 고양이의 본능은 놀라울 정도다. 알렉스가 창문에 올라가려다 가끔 떨어질 때가 있는데 그럴 땐 우당탕탕

소리를 내며 바닥에 떨어짐과 동시에 부끄러운 양 어디론가 재빨리 숨는다. 자존심에 상처를 받은 것처럼 어디엔가 숨어 불러도 절대 나오지 않는다. 가끔 자기가 잘못해놓고 건드리면 화도 낸다. 웃기면서도 가끔 나랑 닮았다는 생각에 깜짝 놀란다. 싱글에게 자존심은 마지막 남은 무기다. 하지만 그 실체는 아무것도 아니다. 뻥튀기 같은 자존심은 잡으면 바스러지거나 물에 젖으면 이내 녹고 말지만, 그것 빼면 시체인 양 행동한다.

3. 애교는 필요에 따라

독립적이고 깔끔한 척만 한다면 제아무리 고양이가 페르시아 공주 뺨치는 미인이라고 해도 정이 뚝 떨어질 것이다. 고양이의 진짜 매력은 차가운 척하고 있다가 슬그머니 와서 애교를 피운다는 점이다. 그 애교는 강아지의 애교와는 다르다. 부르면 달려와서 주인 앞에서 납작 엎드리며 꼬리를 흔들고 혀로 핥는 강아지와 다르다.

고양이는 자존심 빼면 시체니까.

고양이는 사람을 유인한다. 혼자 고무줄이나, 벌레 혹은 낚싯줄 따위를 갖고 뛰며 뒤집어지면서 주인의 관심을 끈다. 뭐하는 짓인가 싶어 들여다보다가 잠시 귀여워하며 쓰다듬어주면 그제야 뒤로 발라당 엎어져 애교를 떤다.

하나 더 있다. 고양이의 본능일 뿐인데 날로 먹는 귀여움 받는 행동이 있다면 바로 물건에 볼을 부비는 것이다. 본능적으로 고양이는 아침에 일어나 아침 체조를 하듯 온 집안을 돌아다니며 볼을 부비고 다닌다. 그때 볼에서 영역을 표시하는 자신만의 독특한 체취가 나온다는데, 볼을 문지르는 장소가 의외로 책상 다리, 스탠드 같은 사소한 곳이어서 가끔 우습다. 그러다가 나를 발견하면, '맞아, 저 큰 동물도 내 것이었어'란 태도로 어슬렁어슬렁 다가와서 내 볼에 자기 볼을 비빈다. 그러면서 혀로 내 볼을 핥는데 그건 내가 좋아서가 아니다. 내가 바른 스킨의 향이 좋아서다. 하지만 나는 착각한다. 우리 고양이는 나를 사랑해!

고양이의 귀여움 중에 하나는 '손'을 사용한다는 것이다. 물론 그 손놀림은 그리 정교하지 못해서 자신에게 위협을 가하는 동물에게 펀치나 가할 줄 알지, 물건을 잡을 수 있는 것도 아닌데도 앞발을 잘 내민다. 내가 뭘가 먹으면 입 대신 앞발을 내밀며 '그 과자 좀 줘' 하는 동작을 취한다. 흔들리는 물체를 보면 그걸 잡을 수 있는 것처럼 양 손을 내민다.

자기 손에 (이젠 발이 아닌 것 같다) 침을 묻혀 그 손으로 계속 제 얼

굴을 닦아 고양이 세수를 마친 다음에, 때로는 손으로 모기를 기절 시킨 후에, 그 손으로 나에게 와서 악수도 청한다. 내가 애교 없는 편이어서 도도한 척 하는 알렉스가 부리는 애교를 보고 있자면 닮고 싶다. 고양이의 애교만 잘 연구해도 벌써 여러 남자 꼬셨겠지.

4. 외로움은 내 운명

고양이는 외로움을 잘 타지 않는다. 하지만 고양이가 외로움을 느끼지 않는 것은 아니다. 외로움을 이기기 위해 잠을 택할 뿐이다. 버림 받는 것에도 익숙하다. 그래서 고양이는 섣불리 사람에게 정을 안 준다. 고양이가 창밖을 바라보는 것은 싱글들이 〈무한도전〉이나 〈우리 결혼했어요〉 같은 텔레비전 프로그램을 보는 것과 같다. 창밖에서 펼쳐지는 리얼리티 쇼를 보면서 외로움과 지루함을 달래곤 하는 것이다. 요즘 알렉스는 아침 8시만 되면 창가에 올라가서 자기가 공사현장의 감독이라도 되는 양 집 앞의 도로공사 현장을 우두커니 바라본다. 아침마다 고양이가 공사현장을 감시하는 게 아저씨들도 아마 신기할 거다.

밤엔 베란다에 가서 깜깜한 창밖을 우두커니 바라본다. 자동차 헤드라이트가 깜빡이는 것을 보면서 가끔 야옹야옹 운다, 누군가를 기다리는 것처럼 한참 베란다에 서서 창밖을 보다가, 문득 자신이 기다리는 사람이 없다는 것을 이제야 알았다는 것처럼 아무렇지 않게 잠을 청한다.

알렉스는 이제 나의 생활 패턴을 알아버렸다. 내가 밥을 주면 나간다는 것을, 한 달의 반은 새벽에 들어오고, 들어와선 자기를 좀 쓰다듬다가 안경 끼고 그대로 잠든다는 것을. 그렇게 나는 알렉스의 주인이고 엄마고 친구기도 한 채로 함께 살고 있다. 알렉스가 내 말을 알아들으면 얼마나 좋을까 하는 생각을 가끔 하기는 하지만 바로 그렇지 못하기 때문에 우리의 관계는 영원히 지속될 것이다.

그릇에 관한 로망

Romance. 32

소문난 살림꾼이셨던 외할머니의 그릇장에는 언제나 각종 접시와 그릇 들이 잘 정돈되어 있었다. 드르륵 소리가 나는 미닫이문을 열면 펼쳐지는 그릇 컬렉션을 구경하는 일은 소꿉놀이보다도 더 재미있었다. 백설기처럼 하얀 접시와 튼튼하면서 실용성 있는 코렐 밥그릇, 보물처럼 간직한 로열 코펜하겐 그릇들, 세수할 때라도 써야 할 것 같은 커다란 신선로 그릇과 각종 꽃무늬 접시를 구경하며 행복해했다. 나도 어른이 되면 내가 좋아하는 그릇들로 찬장을 채워야지 하고 꿈꿨었다. 엄마가 애지중지하는 크리스털 그릇을 설거지하면서 하나씩 깰 때마다 가슴에서 쨍 하는 날카로운 비명이 들리는 것 같았다.

예쁜 그릇들은 나에게 부와 행복의 상징으로 여겨졌다. 결혼한 친구가 요리 솜씨를 뽐내기 위해 한 상 차리면 나는 음식보다 그 음식을 담은 그릇에 더 집중했다. 『메종』의 요리 화보에 등장할 만한 보트 같은 접시에 담긴 중국요리를 먹으며 친구에게 이렇게 말했

다. "너 참 행복해 보여."

혼자 살기 시작하면서 그릇을 사 모으기 시작했다. 가끔 집에 놀러 오는 친구들은 나의 방대하고 조잡한 그릇 컬렉션을 보고 다들 놀란다. 싱크대 위의 찬장에 빼곡히 넣고도 모자라 이젠 별도의 그릇장이 필요할 정도다. 해외 출장을 갈 때도 무거운 그릇들을 전부 사들고 오느라 공항에서 수하물 용량 초과로 애먹었던 적이 한두 번이 아니다. 런던 노팅힐 시장에서 사온 빈티지 찻잔, 출장 갈 때마다 하나둘 사왔던 이케아 접시, 옷에 사용할 법한 화려한 무늬를 그대로 품은 까사렐 접시, 단순하면서 정갈한 무지의 하얀 그릇, 순결한 속옷 같은 레이스 무늬 그릇, 고전적인 꽃무늬가 너무나 사랑스러운 로열 앨버트의 카메오 접시, 귀여운 영국 귀족 같은 웨지우드 찻잔, 큰맘 먹고 구입한 레녹스와 포트메리온 그릇 등 야금야금 사 모은 그릇들은 훈장보다도 자랑스러웠다.

누군가와 함께했던 저녁식사 시간들은 식탁에 올렸던 메뉴보다 음식을 담았던 그릇들로 기억되곤 했다. 그의 생일에 끓여준 미역국을 담았던 하얀 국그릇, 친구들을 초대했을 때 만든 굴 소스 마늘 파스타를 담았던 프로방스풍 접시, 전자레인지에 넣고 돌리면 사랑에 빠진 여자처럼 후끈 달아올랐던 그라탱 접시.

티타임을 기다리는 시간이 즐거웠던 이유는 찻잔 달그락거리는 소리와 레이스 무늬 접시에 담은 쿠키 때문이었다. 그릇장은 인형의 집과 비슷하다. 아기자기하고 우아하고 사랑스러운 패턴을 가진 그릇들이 올망졸망 모여 있는 것을 바라보고 있자면 퍽퍽한 현실

이 살짝 잊혔다. 가짜 행복이라고 생각했지만 놓기 쉽지 않았다. 1,000원짜리 두부 반찬도 웨지우드 그릇에 담으면 고급 레스토랑에서 파는 스테이크 못지않았다. 정성스럽게 차린 식탁을 마주하고 생각했다. '오늘도 행복한 것 같아.'

다만 주의사항은 있다. 그릇은 한 개는 사지 않는다. 두 개, 네 개, 혹은 여섯 개를 산다. 오늘도 난 2인분 요리를 하고 급히 동네 친구들에게 전화를 건다. "카레라이스를 너무 많이 했네. 같이 먹지 않을래? 음식은 같이 먹어야 맛이지." 사실은 그릇 예쁜 걸 알아주는 친구들에게 자랑하고 싶어서다.

무엇이 필요해 마트에 갈까

Romance. 33

어릴 때부터 나는 마트에 가는 것을 좋아했다. 정작 필요한 물건을 사야 하는 엄마는 마트에 가는 것을 귀찮아했는데, 나는 마트에만 가면 신이 났다. 자주 가는 동네 마트 안에 있던 닭집에선 생닭을 즉석에서 잡아 기계에 넣고 털을 뽑아줬는데(지금 같으면 정말 끔찍해했을 텐데) 심지어 닭의 목을 따는 것조차 신기하고 즐거운 구경거리였다. 돈가스를 해줄까? 닭볶음탕을 해줄까? 엄마의 단순한 질문에 신나서 둘 다 좋다고 한참 떠들면 엄마는 돈가스용 고기와 생닭을 다 샀고, 난 엄마 몰래 노란 바구니에 떠먹는 요구르트와 초콜릿, 과자 등을 담곤 했다. 나는 엄마가 그다지 관심을 두지 않는 생활용품에도 역시 관심이 많아서 주걱이나 국자, 접시 같은 것을 들고 오기도 했다.

마트에만 갔다 오면 우리 집이 부자가 되는 것 같아서 좋았다. 줄곧 아파트에서 살았던 나는 시장보단 마트의 세례를 받고 자랐다. 마트를 좋아하는 이유는 마트엔 없는 것 빼고 다 있고 각종 물건들

을 비교하면서 살 수 있기 때문이다. 서울우유를 먹을까, 아인슈타인을 먹을까. 신라면을 살까, 진라면을 살까. 로스팜을 살까, 스팸을 살까. 산미구엘을 살까, 호가든을 살까. 집었다 들었다, 넣었다 뺐다를 무한 반복하며 혼자 고민한다. 싱글에게 마트는 훌륭한 놀이터가 되어준다.

외국 여행이나 출장을 갔을 때 빠지지 않고 들르는 곳도 바로 대형마트다. 그 나라 사람들이 사용하는 생필품과 식료품을 구경하고 있자면 그 나라만의 라이프스타일을 알 수 있어 즐겁다. 그중에서도 꼭 들르는 곳은 식료품 매장이다. 방콕의 한 마트에선 태국 라면뿐 아니라 칠리소스, 피시소스 등 각종 소스와 향신료를 휩쓸어 왔다. 도쿄의 한 마트에서는 수건걸이, 머그컵, 실내용 슬리퍼 등 다양하고 아기자기한 생활 용품에 넋을 놓았다. 파리에 가면 모노프릭스에 꼭 들른다. 이곳은 대형마트라 부를 정도로 크지는 않지만 화장품에서 생활용품까지 없는 게 없는 알찬 생활용품 매장이다.

간혹 제품의 질과 상관없이 그 나라 느낌이 물씬 풍기는 것들도 구입해오곤 한다. 중국에서 만든 저렴한 과자나 향이 센 태국산 비누와 치약, 혹은 그 나라 슈퍼마켓에만 파는 화장품처럼 그 나라에만 있는 물건을 사서 가만히 보고 있자면 그 나라 특유의 어떤 향이나 정서가 느껴지는 것 같아 재미있다.

싱글들에게 대형마트는 생필품을 사는 일상적인 장소라는 의미 외

Coca-Cola
Sprite
Fanta
C.C. Lemon
Bikkle
スイカ
パイン
イチゴ
LL vitamin
可愛提子汽水 240ML
$7
粒ぶどう
つぶみかん
搖搖提子啫喱飲料
$10
Qoo
冷凍みかん
100% Grape Juice
哈哈笑橙汁 500ML
$19.90
/2件
哈哈笑蘋果汁 500ML
$19.90
/2件
哈哈笑檸檬汁 500ML
$19.90
/2件
白い
小岩井純水提子飲料
$12.50

에도 라이프스타일을 드러내는 장소가 되고 있다. 코스트코에 가면 저렴한 가격에 특대형 과자나 음료, 술, 세제 묶음 등을 살 수 있어서 유혹을 참기 힘들다. 병이 예뻐서 좋아하는 사과주스, 맥주 안주로 제격인 프레첼, 내 얼굴 두 배 크기의 피자, 둘이 먹다 셋이 죽어도 모를 치즈케이크, 종이 박스에 담긴 대용량 와인 등 탐나는 물건이 차고 넘친다. 회원권을 만들까 했지만 사실 여러 사람이 나누지 않으면 혼자 먹긴 좀 부담스러워서 가끔 회원인 후배나 선배를 따라간다. 그러나 갈 때마다 정신 못 차리고 과하게 쇼핑을 하곤 한다. 한 번은 후배를 따라갔다가 식료품만 20만 원어치 사 버리기도 했다.

사실 마트에 가면 동선이나 사는 물건들은 정해져 있다. 특히 내가 좋아하는 것은 해물탕 재료와 소시지, 그리고 각종 스프, 매운 고추 절임와 각종 젓갈류다. 항상 빼놓지 않고 사오는 후리가케, 김, 햇반, 참치도 있다. 동네 과일가게에선 사기 힘든 체리나 청포도도 꼭 구입한다. 마트에서 또 하나 지나칠 수 없는 코너는 세일 코너와 묶음상품 코너다. 정말로 '원 플러스 원'의 유혹은 뿌리치기 힘들다. 결국 스팸에 번데기 통조림이 붙은 것이나 라면에 햇반이 붙은 것을 사오고 만다.

가끔 먹고 싶은 것을 사오는 것이 아니라 사온 것을 먹기 위해 몇 일간 집에서 인스턴트만을 먹다 보면 지겨울 때도 있지만 진화해 가는 인스턴트를 먹으면서 혼자 뿌듯해하기도 한다. 뿌듯하게 냉장고와 싱크대 한가득 물건으로 꽉꽉 채우면 든든한 식량창고를 가진 듯한 뿌듯함, 혹은 총알 가득 장전한 군인처럼 든든하다. 한 보름은 히키코모리처럼 살아도 끄떡없겠다는 뿌듯함이 느껴진다. 마트는 생존을 위해 지금 당장 필요한 것들을 살 수 있는 곳이지만, 나를 위해 해줄 수 있는 모든 것들을 점검한 후에 한꺼번에 사들이는 쇼핑의 욕구를 충족시켜 준다는 데서 로망을 자극한다.
내 기호와 취향에 맞는 것들로 냉장고를 채우고, 소비하고, 없애는 과정에서 느끼는 쾌감이랄까. 자, 이제 냉장고를 비우는 일이 남았다.

라이트모티프에 관한 로망

Romance. 34

우연히 시작되어 계속 반복되는 두 사람만 알아듣는 농담, 이를 두고 알랭 드 보통은 『왜 나는 너를 사랑하는가』에서 라이트모티프라고 이름 붙였다. 라이트모티프는 꼭 연인들의 사이에서만 통용되는 것만은 아니다.

1. 배꼽의 비밀

세로 배꼽과 가로 배꼽의 진실은 나와 내 친구만의 라이트모티프였다. 대학교 4학년 때 친구와 집에서 배불리 먹고 수다를 떨며 배를 두드리다가 우연히 서로의 배꼽을 보았다. 친구가 말했다. "뚱뚱한 사람은 살을 빼도 배꼽이 가로 모양이래." 내 친구는 당시 다이어트를 해서 10킬로그램을 뺀 상태였다. 하지만 그녀의 배꼽은 명백한 가로 모양이었다. 가로 모양의 배꼽을 쓰다듬으며 그녀는 초등학교 1학년 때부터 지금까지 뚱뚱한 채로 살아왔다는 고백을 했다. 티셔츠를 걷은 후 나는 내 배꼽 모양을 관찰했다. 세로 배꼽

정확한 말을 찾지 못한다는 것은
역설적으로 정확한 말을 의도하고 있다는 증거가 되는 경우가 많다.

_알랭 드 보통, 『왜 나는 너를 사랑하는가』에서

이었다. 어릴 때부터 대학 입학 전까지 날씬하게 살아오다 대학에 들어오고 나서 갑자기 살이 쪄서 고민하던 터였지만, 내 배꼽 모양은 명백한 세로 모양이었다. 그 이후로 난 친구들의 배꼽을 확인하면서 웃었다. "넌 가로 모양이구나. 하하." 배꼽에 대한 전설을 들려주면서 그들과 나는 가로 무늬, 세로 무늬 배꼽의 진실을 공유했다.

2. 최주봉과 주드 로

또 다른 친한 친구 S와 나는 주드 로와 최주봉의 진실(?)을 알고 있다. 우리는 둘 다 주드 로를 좋아했는데 어느 날 갑자기 최주봉 아저씨가 주드 로와 닮았다는 생각이 들었다. 매력적인 주드 로와 탤런트 최주봉이 닮았다니! 이 얼마나 충격적인 사실인가. 저 멀리 사는 주드 로가 이 소리를 들으면 당장 거품 물고 쫓아올 일이지만, 점점 넓어지고 있는 이마와 섬세하면서도 어딘지 모르게 피곤해 보이면서 살짝 운 듯 보이는 눈매와 얇은 입매가 닮았다. 나의 사랑 주드 로가 최주봉 아저씨와 닮았다는 사실을 털어놓지 못하고 있었는데 열심히 드라마를 보고 있던 어느 날, 친구가 느닷없이 이렇게 말했다.

"최주봉 아저씨랑 주드 로랑 닮은 거 같지 않니?"

"빙고!" 나는 흥분했다. 우린 괜히 친구가 아니었던 거라며 호들갑을 떨며 즐거워했다. 이후로 주드 로를 영화에서 볼 때마다 "우리의 최주봉이 나왔어"라고 말하며 웃었다.

3. 달의 궁전

좋아했던 남자에게 폴 오스터의 『달의 궁전』을 읽히고 싶은 욕망에 사로잡혀 있던 나는 "달의 궁전으로 갈까요?"란 말을 뜬금없이 던지기도 했는데 이는 나 혼자 정한 '당신을 좋아해도 될까요?'라는 암호였다.

4. SM 잡지

영화 〈조제, 호랑이 그리고 물고기들〉에서 조제는 츠네오와 헤어질 때 SM 잡지를 던지며 "선물이야"라고 말한다. 조제가 주워 읽던 교과서와 수많은 SM 잡지의 원래 주인은 하루키라는 고등학생의 것이었는데 두 사람은 얼굴도 모르는 하루키를 농담의 주제로 올리며 즐거워하곤 했다. 츠네오는 자신의 학교에 하루키가 신입생으로 입학한 것을 알고 웃음과 눈물을 동시에 터뜨렸다. 조제와 츠네오 두 사람에게 SM 잡지는 일종의 암호이자 라이트모티프였다.

꼭 연인이 아니더라도 모든 오래된 관계에는 라이트모티프가 존재한다. 함께한 시간과 세월 속에서 두 사람이 공유한 경험과 기억이 많을수록 라이트모티프는 점점 많아진다. 비의의 언어를 갖는다는 것은 그와 나의 사이가 공고해진다는 것을 의미한다. 남들에겐 시답잖은 농담처럼 느껴질지 몰라도 상대와 나만이 이해할 수 있는 언어는 두 사람의 사이를 변함없이 연결해주는 하나의 다리가 된다. 농담과 암호 없는 삶은 얼마나 지루한가. 라이트모티프가 풍성해질수록 인생은 풍요로워진다.

Chapter 4

남자들에겐 차마 말하지 못한 로망

젊다는 것 그 자체만으로도

Romance. 35

동호회에서 오랫동안 알고 지낸 오빠를 오랜만에 다른 이의 결혼식에서 만났다. 명함을 교환하기 무섭게 형식적인 멘트가 따라붙는다. "좋은 소식 없니?" 국수 먹을 가능성이 당분간 없다는 것을 확인하자 그는 립서비스를 날렸다. "주변에서 한번 알아볼게." 다음 날 메신저에 들어온 그가 비보(?)를 전했다. "너 소개시켜줄 만한 친구가 있어서 물어봤더니, 열두 살 어린 여자랑 사귄다나. 미친 놈(부러운 놈). 여자친구가 자기를 '돼지야' 라고 부른다고 자랑하더라. 기가 막혀서(부러워서)."

남자들에게 열두 살 어린 여자는 그녀가 자신을 '돼지'라고 부르든, '저팔계' 라고 부르든 감지덕지인 것이다. 남자에게 열두 살 어린 여자친구는 그 옛날 당나라에서 온 비단보다도 더 자랑스러운 전리품인 것을 여자들도 모르지 않는다. 누군지도 모르는 그 남자의 여자친구가 열아홉 살 정도 됐나 보다 하고 계산해보다가 흠칫 놀랐다. 나보다 두 살 많은 남자보다 열두 살 어린 여자친구의 나

이는 스물여섯, 그조차 적지 않다. 열두 살 어려도 결코 가볍지 않은 나이라고 생각하다 또 놀란다. 내가 누군가를 '돼지'라고 부르려면 그의 나이는 쉰 살이어야 한다. 그 나이의 남성에게 길거리에서 "돼지야"라고 사랑스럽게 부르는 것을 누가 옆에서 듣는다면 (짜증 나서) 경찰을 부를지도 모른다.

인간성, 성격, 머리, 직업 다 좋으나 여자 보는 눈이 없는 디자이너 친구에게 물었다.

"왜 그렇게 어린 여자들만 밝히는 거야? 얼마 지나면 얘기도 안 통하고 자꾸 명품 가방 사달라고 조르기나 하잖아."

"나이 어린 친구들은 가방 사주면, 결혼하자고 하진 않거든. 나이 많은 여자들은 은근히 더 계산해. 몇 번 만나면 결혼 상대로 적합한지 아파트는 있는지 따지거든. 자녀 교육관은? 결혼해서 나중에 살고 싶은 동네는? 보이지 않는 줄자로 이리저리 나를 재는 게 느껴져. 오히려 어린 친구들은 편해. 지금 순간만 즐기면 되거든. 젊은 친구들과 놀면 덩달아 젊어지는 기분도 들고. 요즘은 인터넷 신조어 익히느라 '오나전' 바쁘다. 헤어질 땐? '지못미(지켜주지 못해 미안해)'라고 하면 되지."

열 살 어린 스튜어디스랑 사귀는 또 다른 남자 후배는 3억 원을 가지고 와야 결혼하겠다는 그녀의 말에 열심히 돈을 모으고 있다고 했다(그런다고 3억을 모을 수 있을까. 은행을 털기 전에야). 그런데 재미있는 것은 패밀리 레스토랑에서 스테이크 한 번 사주면 고양이처럼 세운 발톱은 쥐도 새도 모르게 사라진다는 것이다. 3만 원짜리

스테이크에 껌벅 죽으니, 어리긴 어린가 보다. 그것이 어린 고양이의 귀여움인 건가. 서른 넘은 '언니' 들은 패밀리 레스토랑에는 좀처럼 감동하지 않으니까.

남자들이 영계를 밝히는 것은 생물학적인 본능일까? 자신이 아직은 육체적으로 건장하고 여전히 매력적이라는 것을 인정받고 싶어서? 어쩌면 젊음에 대한 순수한 찬사 때문이 아닐까 하는 생각이 든다. 이제는 남자들이 말하는 진정한 백치미의 미덕이 무엇인지 조금은 알 것 같다. 솔직히 말하면 나 역시 백치미에 '꽂혔다.' 아무것도 모르면 백치라고 하지 백치미를 가졌다고 하지 않는다. 백치미의 필수 조건은 순수함이다. 앞뒤 재지 않는 투박함과 계산하지 않는 순수함, 어디 한세상 잘 살아갈 수 있을까 싶은 어리바리함이 백치미의 조건이다. 가끔 나이 들 만큼 들어서 백치미를 자랑하시는 분들이 있긴 하지만, 진정한 백치미엔 젊음이 '탑재' 되어야 한다.

요즈음 나는 젊은 남자의 백치미에 탐닉하고 있다. 이승기, 닉쿤, 태양, 사토 다케루 등 하얀 러닝셔츠에 흰 우유를 흘려도 손으로 대충 닦으면 딱 어울릴 것 같은 젊음의 초상에 나도 모르게 괜시리 가슴이 두근거린다. 늙은 남자가 어린 여자를 밝히는 것이나, 노처녀가 애완동물 같은 어린 남자를 찾는 것이나 철없기는 마찬가지이다. 하지만 인생의 80퍼센트는 로망으로 채워져 있지 않은가. 남자 고등학생은 곧고 하얀 다리에 까만 시폰 치마가 잘 어울리는 여대생에 대한 로망이 있고 평범하고 대체로 멀쩡한 축에 속하는

남자는 자세 올곧고 조신한 아나운서에 대한 로망이 있고, 그보다 나이 든 남자에게는 띠 동갑 아래의 여자와 사귀는 로망이 있을 것이라고 스스로를 위로해본다.

낭만적인 프러포즈란

Romance. 36

라디오에서 들은 사연이다. 어떤 남자가 여자친구에게 기억에 남는 프러포즈를 하겠다고 나름대로 이벤트를 준비했다. 그냥 반지를 주기 머쓱해 머릴 쓴다는 것이 백숙 안에 반지를 넣은 것이다. 아마 청혼을 하려던 날이 복날이었나 보다. 그런데 식성 좋은 여자친구는 닭을 열심히 먹다가 그만 닭 속에 든 반지를 꿀꺽 삼켜버렸단다. 아마도 그들에겐 결혼기념일보다 매년 돌아오는 복날이 더 의미 깊은 기념일이 되었을 것이다.

과연 프러포즈란 것이 얼마나 중요한 것일까 궁금해지기 시작했다. 오래 사귀던 사람들은 어떤 방식으로 프러포즈를 할까. 만나다 보면 특별한 말 없이도 암묵적으로 결혼할 사이라는 것을 받아들이게 되고 그렇게 자연스럽게 결혼에 이르게 되더라도, 프러포즈 의식은 꼭 있어야 하는 것인가 보다. 대부분의 여자들에겐 낭만적인 프러포즈에 대한 로망이 있기 때문이다.

프러포즈 방식에 대해 남자들은 대체로 고민만 많은 반면, 여자들

당신은 내가 더 좋은 사람이 되고 싶게 만들었어요.

_영화 〈이보다 더 좋을 순 없다〉에서

은 꽤 구체적으로 그림을 그린다. "난 무조건 높은 곳에서 프러포즈를 받았으면 좋겠어. 에펠탑, 혹은 방콕의 시로코 바 같은 곳이면 더 좋지. 열기구 위에서 받아도 괜찮고." 하다못해 63빌딩 스카이라운지에서라도 받고 싶다는 것이 후배의 프러포즈에 대한 로망이다.

지금은 결혼해서 잘 살고 있는 한 여자 후배는 3년 사귄 남자친구가 동네 금은방에서 산 인조 보석이 박힌 촌스러운 반지를 대학가의 싸구려 경양식 집에서 끼워주며 청혼하는 바람에 큰길에서 소리 지르며 싸우다 파경에 이를 뻔했다고 했다. 사랑만으로, 사랑 하나만으로 하나가 되기엔 여자들에겐 로망이 너무 많고, 또 크다.

나도 딱 하나 로망이 있긴 했다. 말 그대로 로망인 이유는 좀처럼 실현하기 힘들기 때문이다. 영화 〈스텝맘〉처럼 실에 꿰어 반지를 흘려 보내는 프러포즈였다. 하지만 실에 꿰인 반지가 영화처럼 손가락에 쏙 들어가긴 쉽지 않은 일이며, 실을 손가락에 매는 순간 이미 눈치채버려서 산통 깨기 십상일 것이다. 사실 실에 반지를 내려보낸다는 설정이나 이벤트보다 중요한 것은 이야기, 즉 두 사람의 사랑의 역사다.

난관이나 방해 요소가 많으면 많을수록, 프러포즈는 더 감동적이다. 프러포즈의 감동은 의외성에 있다. 치밀하고 정성스럽게 준비한 것에도 감동하지만, 평소 행동을 보아선 절대 상상도 할 수 없었던 행동을 남자들이 한다는 데에 의의가 있다. 늘 자상했던 이벤트 대왕이 마련해주는 완벽하게 준비된 프러포즈는 어쩌면 식상할 수도 있을 듯하다.

영화 〈프리티 우먼〉에서 리처드 기어가 줄리아 로버츠에게 한 프러포즈가 인상적이었던 이유는 백만장자가 누추한 할렘 가에 리무진을 타고 온 것도 있겠지만, 고소공포증이 있는 그가 줄리아 로버츠가 사는 허름한 옥탑의 바깥계단을 올라가 청혼했기 때문이다.

영화 〈이보다 더 좋을 순 없다〉에서 성질 더러운 소설가를 연기한 잭 니콜슨은 헬렌 헌트에게 이렇게 말한다. "당신은 내가 더 좋은 사람이 되고 싶게 만들었어요." 의외이면서도 진심이 담긴 고백이다. 평생 자기 맘대로 까칠하게 살던 남자가 좋은 사람이 되고 싶어졌다는데 그보다 더 감동적인 고백이 어디 있겠는가(인류 평화를 위해서라도, 여자는 그 프러포즈를 받아줘야 한다). 정말 좋은 사람이 될 수 있을까가 문제긴 하지만, 그 고백은 '나에겐 당신이 꼭 필요해요'보다도 더 절실하다.

현실은 영화처럼 극적이지 않다. 〈스텝맘〉의 로망은 그저 환상 속에 존재할 뿐이다. 열기구나 스카이라운지도 바라지 않는다. 내가 바라는 프러포즈는 사실 아주 일상적인 고백이다. 감동의 도가니로 몰아넣어 이성을 잃게 만드는 프러포즈 대신, 어쩌면 싱거워서 '칫, 이게 프러포즈니' 할 수 있는 것만으로도 괜찮다. 진심이 담겨 있는 프러포즈면 족하다. 잠옷 바람으로 토스트에 계란 프라이를 해줬는데도 "너랑 매일 이렇게 아침 먹으면 좋겠다" 혹은 "내가 잠들기 전에 마지막으로 이야기하고 싶은 사람이 바로 너야. 평

생 그럴 수 있었으면 좋겠다"라고 말해준다면 그것으로 행복해질 것이다.

오늘 하루만 특별한 게 아니라 앞으로 평생 함께 밥 먹고, 밤늦게까지 수다 떨 수 있는 가장 가까운 사람이자 가장 친한 친구가 되어달라는 소박하지만 진심 어린 고백이 좋다. 앞으로 그와 함께하는 많은 날 중엔 열기구도 타고, 사람 없는 야구장에서 트럼펫을 부는 날도 있을 것이다. 무엇보다 살면서 서로 계속 좋은 사람이 되고 싶게 만들 것이기에, 프러포즈는 그냥 간 없는 음식처럼 담담하지만 정성스럽게 지금 해오던 것을 평생 함께하겠다는 약속만으로도 충분하다.

나이 든 '귀여운' 오빠들

Romance. 37

나에게 남자를 향한 최고의 찬사는 멋있다거나 잘생겼다거나 똑똑하다는 것이 아닌 '귀엽다'다. 귀엽다는 말은 멋있거나 잘생겼거나, 똑똑하다는 말보다 강하고 오래간다. 귀엽다는 말에는 개인적인 감정이 들어가 있고 그 말 안에는 쉽사리 질리지 않는 개인의 취향과 코드가 담겨 있다. 소개팅을 한 뒤 누군가가 상대가 어땠냐고 물었을 때 내가 "귀여워"라고 답하는 것은 그가 정말로 마음에 든다는 표현이다.

어린 시절, 나는 나의 아버지가 귀엽다고 생각했다. 외할머니가 '여서방'이라고 부르셔서 일곱 살 때까지 나는 아버지 이름이 '서방'인 줄 알았다. 여서방이라고 불렸던 우리 아버지는 순진한 구석이 있는 모범생이셨다. 내가 초등학교 6학년 때까지 아버지는 카세트테이프를 꾸준히 들으며 영어공부를 하셨다. 책장의 책들을 알파벳 순서로 혹은 색깔별로 꽂아놓는 아버지를 보고 엄마는 좀스럽다고 했지만 그 모습이 난 무척 귀여웠다. 무뚝뚝한 아버지를

PIZZA CALDA
BIBITE GELATI
PANINI CALDI
BIBITE
GELATI
NUOVO MONDO
GELATERIA
AG 144 MP

두고 엄마는 멋을 모르는 남자라고 면박을 줬지만 아버지는 자상하고 속 깊은 남자였다. 1년간 예멘에 해외 파견을 나가 계실 때 아버지는 나와 엄마에게 30통의 편지를 썼다(나는 고작 두 통의 답장을 썼다). 지금도 기억나는 내용으로는 "날이 추우니 엄마에게 타이즈 사달라고 하고 거실 텔레비전을 방에 들여놓거라"가 있었다. 가끔 말도 안 되는 고집과 잘난 척으로 세탁소 아저씨나 택시기사와 옥신각신할 땐 조마조마하지만 나는 그런 아버지가 귀엽다. 남자를 볼 땐 구두가 깨끗한지, 길 바깥쪽으로 걷는지, 가리지 않고 아무것이나 잘 먹는지만 보면 된다고 말하는 아버지가 귀엽다. 과히 어디다 내놓고 예쁘다고 자랑할 수만은 없는 딸을 보고도 아버지는 늘 이렇게 말씀하신다. "우리 딸은 예쁘진 않지만 참 지적이야." 지금도 예쁘다는 말은 차마 안 나오시는지 "우리 딸은 예쁘진 않지만, 글을 잘 써"라고 하신다.

이상하게도 나는 귀엽다는 감정을 젊은 남자보다 나이 지긋하게 든 남자들에게 더 자주 느낀다. 뭐든 다 알 것 같은 나이인데 의외의 부분에서 순진하거나 때로는 열정적인 남자, 똑똑한 것 같은데 은근히 허술하다든지, 차분하고 침착해 보이는데 별것 아닌 일에 얼굴이 발개지는 남자를 보면 귀엽다고 말할 수밖에 없다.

가수 한대수 선생님이 바로 그랬다. 5년 전 어느 날, 가수 이한철이 한대수 선생님을 인터뷰하는 형식의 기획기사를 진행한 적이 있었다. 미국에서 오래 사신 탓인지 한대수 선생님은 어눌한 발음으로 서울 지리를 잘 모르는데, 이대 앞의 오피스텔로 자신을 데리러 올 수 없느냐고 하셨다.
하와이안 셔츠를 입고 흐트러진 머리카락으로 환하게 웃으며 반겨주셨던 한대수 선생님은 매우 귀여웠다. 아기자기한 신혼살림이 놓인 10여 평의 오피스텔은 한 시기를 풍미했던 아티스트의 거처로는 초라해 보일 수 있었지만 그것마저 그답다고 생각했다. 스물두 살 어린 러시아 여성과 결혼했다고 하면 색안경을 끼고 보기 쉽지만 오히려 나는 그가 순수해 보였다. 그의 정신적인 나이는 정말 20대 청년과 다르지 않았으니까.
나의 서른두 살 생일이었나. 당시 서른다섯 살 먹은 남자친구는 노란 장미가 이별을 뜻하는지도 모르고 노란 장미 한 다발을 선물했다. "노란색은 이별을 상징하잖아." 살짝 언성을 높였더니 "네가 노란색을 좋아하잖아"라고 말하는 바람에 그냥 웃고 말았다. 너무 진지한 모습에 그 남자가 새삼 귀엽다 느꼈다.
가끔 나이 지긋하신 선생님 중에 선의의 거짓말을 하는 분들이 있다. 다름 아닌 원고 마감 날짜 때문이다. 그들은 사실 진정한 마감 날짜를 아는 사람들이다. 하루 늦는 것은 기본이요, 이틀은 애교요, 삼사 일 정도는 늦어도 잡지가 나오는 데 문제없다는 것을 그들은 경험으로 안다.
그러나 언제나 진실만을 말하는 나는 진짜 마감 날짜를 말했다가 정말 곤란해진 적이 있었다. 모 영화 잡지의 편집위원에게 원고를 청탁했는데 막판 마감시간까지 원고가 들어오지 않았다. 게다가 전화도 안 받고 문자만 보내온다. 달랑 세 글자. '한 시간.' 한 시간 후에 원고를 주겠다는 소리다. 한 시간 후에 다시 문자를 보냈다. 답이 온다. '지금 회의 중, 두 시간.' 두 시간 후에 원고를 주겠다는 소리다. 실제 걸리는 시간은 네 시간쯤 된다. 계속 전화를 안 받는다. 원고를 주겠다고 약속한 반나절 후에 전화가 온다. "어, 원고 넣었어." 백번 전화해도 안 받던 사람이 원고가 되면 친히 전화를 주신다. 원고는 훌륭하다. 무례함의 표시로 느껴졌던 그의 단답형 문자는 순식간에 애교로 돌변했다.

얼마 전 간단한 소개글과 감상을 더해 책 몇 권을 추천해주시기로 했던 점잖으신 교수님이 계셨다. 하루하루 원고 마감을 미루시더니 결국 마감 직전에 이렇게 말한다. "보냈는데 메일이 다시 되돌아왔더라고요. 다시 보낼게요." 목소리는 친절하다. 하지만 거짓말이다. 이메일 주소를 다시 묻지도 않았으니까. 조금 기다리다 다시 전화를 하면 다급한 목소리로 "지금 운전 중인데, 집에 들어가고 있어요. 집에 들어가서 보낼게요." 역시 말투는 상냥하시다. 하지만 황급히 전화를 끊는다. 그렇게 전화를 할 때마다 늘 집에 들어가고 있다고 말한다. 집에 가면 보낸다고 한 지 3일 후에 나는 원고를 받을 수 있었다.

원고를 쓴 후에 그들은 등 뒤에 진 소금 가마니라도 내려놓은 양, 어깨 위에 지고 있던 죄를 벗어던진 양, 아주 호기롭고 친절하게 먼저 전화를 건다. "아, 원고 넣었어요. 계속 이메일이 안 가서. 하하하." 점잖지만 너무나 바쁜, 그러나 거절 같은 건 잘 못하는 그들은 원고만 넣으면 귀여운 오빠로 돌변한다. 그렇게 위엄 떨어놓고선 책을 보내준다고 하면 어르신들은 아주 상냥하게 "고마워요"라고 답해준다. 순간 원수에서 동지가 된다. 오늘은 친절하기 그지없는 나이 든 오빠들이 너무나 귀엽다.

나이 든 오빠들의 귀여움은 젊은 청년들의 귀여움과는 질적으로 다르다. 사회적으로 성공한 그들에겐 안정적인 매력이 있다. 그런데 그들이 쓰고 있는 감투와 지위와는 어울리지 않게 살짝 어수룩한 행동을 보여줄 때 매력은 급상승된다. 점잖은 중년 남자에게서 홍안의 소년을 발견할 때, 나는 나이 지긋하신 그분들의 머리를 쓰다듬어주고 싶어진다. 〈러브 액추얼리〉의 휴 그랜트처럼 총리가 노래 「점프」에 맞춰서 엉덩이춤을 춘다면, 얼마나 귀여우실까.

사랑의 주파수는 원초적인 섹시함이 아니라 한 존재가 가진 귀여움에 맞춰지는 것이라고 나는 강력하게 믿고 있다. 동물적인 사랑은 금방 식어도 귀여움은 평생 간다. 주변에서 아직도 서로를 끔찍이 아껴주는 엄마와 아빠, 혹은 할머니와 할아버지를 보라. 그들은 서로를 끔찍이 귀여워해주고 있다. 등을 긁으면서 몸을 이상하게 비트는 모습을 보고도, "아, 우리 마누라는 참 귀여워" 한다. 그렇게 말하는 건 상대를 정말로 사랑하기 때문이다. "나는 당신이 너무나 귀엽다"는 "나는 당신을 사랑해요"란 말과 동의어라고 할 수도 있겠다.

키스보다 두근거리는 손길

Romance. 38

곰곰이 생각해보니 내 연애는 언제나 손을 잡는 것에서 시작됐다. 게다가 손을 잡은 장소는 대부분 영화관이었다.
어느 날 내 고집에 이끌려 페드로 알모도바르 감독의 〈그녀에게〉를 보러 갔다. "재미없으면 영화 값 네 배로 물어내기에요." 키 작고 좁은 어깨를 가진 남자였다. 아무래도 생소한 감독의 영화가 난해해 보였나 보다. "정말 좋은 영화래요. 후회 안 할 거예요." 영화는 완벽했지만 그의 취향과 완벽히 달랐다. 영화 상영 중간에 그는 나에게 손을 내밀었다. 팝콘을 달라는 줄 알고 팝콘을 올려줬다.
"팝콘 말고요. 돈 줘요, 돈. 영화 값 네 배."
"재밌잖아요. 왜 그래요?"
"농담이에요. 손 줘요, 손."
돈 대신 나는 그에게 손을 내줬다. 그렇게 우리는 손을 잡고 연애를 시작했다. 사실 그와 연애할 때 손을 잡는 대신 팔짱을 더 많이 꼈던 것 같다. 그래서일까. 그 손의 따뜻한 촉감이 잘 기억나지 않는다. 결국 그와 두 번을 헤어졌다 다시 만나는 동안 세월은 훌쩍 흘렀다. 세 번째 이별을 결심했던 날, 그에게 손을 달라고 했다. 그의 손은 생각보다 작고 예뻤다. 난데없이 그의 손 사진을 찍었지만, 그는 왜 자신의 손을 찍냐고 묻지도 않았다. 마지막으로 그의 손 사진을 간직하고 싶다는 말조차 하지 못하고, 마치 처음인 것처럼 그의 손을 지그시 잡았다. 참 따뜻했다. 그 이후에 작고 섬세한 손을 가진 남자를 보면 그 사람이 가끔 생각난다.

첫 키스를 했을 때보다도 더 환희에 찼던 순간, 누군가를 정말 사랑한다고 느꼈던 순간은 바로 그 사람과 손을 잡았을 때, 그 손을 다시는 놓고 싶지 않다는 생각이 들었을 때였다. 그렇게 잡은 손이 정말 따뜻하고, 애틋하게 느껴졌을 때 더욱 그랬다.

어두운 영화관에서 팝콘 속을 괜히 헤매다 우연히 부딪힌 것처럼 더듬거리며 내 손등을 스친 손, 횡단보도를 건너다 신호가 바뀔 즈음 잽싸게 낚아챈 손, 여럿이 탄 택시에서 다른 사람 몰래 은밀하게 허리 뒤에서 감싸오던 손, 그와 나의 손이 처음 닿았던 순간 내게는 새로운 우주가 열렸다. 손을 잡는 순간부터 사람들은 서로의 감정과 기억을 공유한다. 처음 손을 잡는 순간에는 그와 나 사이에 마치 케이블과 컴퓨터가 연결된 것처럼 따뜻한 온기와 기억이 서로의 손을 통해 전해졌다.

내가 아는 한 남자는 유난히 여자의 손에 집착했다. 그는 미니스커트를 입은 늘씬한 여자가 자신의 옆을 지나가도 눈 하나 깜짝하지 않을 정도로 의젓한 신사였지만, 유독 여자의 손에 관심을 보였다.

그는 손만 보고 그 사람이 부지런한지, 야무진지, 게으른지 알 수 있다고 했다. 손은 여자의 몸매까지 예측할 수 있는 바로미터가 된다고 했다. 손등이 날렵하지 못하면 상체 비만이고, 손가락이 가늘지 않으면 하체 비만이라고 했다. 손가락이 뭉툭한 내가 하체 비만에 게으름쟁이인 것을 보면 맞는 말일지도 모른다.

언젠가부터 나도 누군가를 만나면 그 사람의 손을 먼저 본다. 머리칼을 쓸어 넘기는 손, 책장을 넘기는 손, 무언가 열심히 쓰고 있는 손 등 움직이는 그들의 손을 본다. 고운 손은 고와서, 거친 손은 강인해 보여서, 튼 손은 안쓰러워서…… 그 손들을 뿌리칠 수가 없다.

"모르는 남녀가 아무렇지 않게 하룻밤을 보내는 '원나이트스탠드'가 횡행한 세상에도, 술 한 번 먹으면 키스 정도는 쉽게 하는 세상에도 여전히 나는 손을 잡는 것이 좋다." '언니네 이발관' 이석원의 말처럼 아무나와 키스하고, 잘 수 있을지는 몰라도 아무나와 손을 잡고, 영화를 보고, 길을 걸을 수는 없으니까. 작고 섬세한 손이든, 소도둑놈 같은 손이든, 한 번 잡고 다시는 놓지 않을 그런 따뜻한 손을 잡고 싶다.

짝사랑이 이루어지는 로망

Romance. 39

"내 사랑은 좀 다른 편이다. 사랑 중에서도 가장 잔인한 부류, 걸리면 거의 죽음으로 몰아가는 짝사랑이기 때문이다. 그 방면에선 내가 전문가라고 외칠 수 있을 정도다. 대부분의 사랑 이야기에선 사람들은 서로 사랑에 빠진다. 하지만 내 이야기에선 우리는 각자 사랑에 빠진다. 사랑에 있어서 우리는 저주 받은 사람들이다. 걸어다니는 부상자이며 큰 주차장에 차 댈 곳 하나 없는 장애인이다."

영화 〈로맨틱 홀리데이〉의 케이트 윈슬릿은 3년 가까이 같은 회사에 근무하는 칼럼니스트를 짝사랑한다. 허세남이며 느끼한 바람둥이인 그는 뻔한 수법으로 여자를 꾀지만 순진한 그녀는 그의 거짓말에 매번 넘어간다. 그녀는 바람둥이인 그가 쓴 글에 자주 반한다. "오늘 네 칼럼 멋지더라. 고결함의 폭로와 영국적 삶에 대한 사유야." (이 무슨 귀신 씨나락 까먹는 소리인가. 이중생활의 폭로와 영국 바람둥이의 삶에 대한 반성으로 바꿔야 하지 않을까.)

그러자 그녀의 말에 그 바람둥이 남자는 입에 침 하나 안 바르고 이렇게 이야기한다.
"크리스마스를 기념하기 위해 너한테 쓴 거야."
"너를 위해 쓴 거야. 너를 위한 이야기야. 너를 위해 준비했어."
이 모든 거짓말을 그녀는 믿는다. 하지만 나 또한 그런 그녀가 딱해 보인다고 욕할 처지는 아니다. 얼마 전까지만 해도 짝사랑에 관해선 나도 전문가였으니까. 유치원 때는 혼자 집에서 엄마를 기다리던 나에게 빵을 주었던 옆집 오빠를 짝사랑했고 초등학생 때는 나에게 윷놀이와 화투를 가르쳐줬던 막내 삼촌을 좋아했다. 중학생 때는 가수 동물원의 박경찬에게 일주일에 한 통씩 팬레터를 보냈고, 고등학생 땐 나에게 전혜린과 박노해를 알려줬던 국어 선생님을 짝사랑했다. 대학교 때는 친구의 남자친구였던 선배를 몰래 좋아했다. 좋아할 누군가가 없는 인생이 시시했던 걸까? 짝사랑은 어느새 나의 취미이자 특기가 되었다.
좋아했던 남자들이 인문학적인 지식을 갖추었거나 여자들이 혹할 만한 외모를 갖춘 것도 아니었다. 전 인류에게 다 베풀 만한 사소하고도 특징 없는 친절에 나 혼자 반해 좋아했던 경우가 대부분이었다. 눈썹 숱이 많아서, 기타 줄을 뜯던 손가락이 가늘고 섬세해서, 비상한 두뇌를 가져서, 노래도 잘하는데다 명문대를 다녀서 등 사랑에 빠지는 이유도 참 단순하고 사소했다. 일주일짜리부터 3년까지, 때론 짧게, 때론 길게 짝사랑을 지속했다.
장난처럼 굴다가도 때론 진하게 나는 그들을 짝사랑했다. 짝사랑의 장점은 시간을 빼앗기지 않는다는 것, 돈이 들지 않는다는 것이다. 짝사랑의 단점은 어느 선 이상은 기대할 수 없고, 시간이 아깝게 느껴지는 날이 있다는 것이다. 데이트 비용은 안 들더라도 때로는 본전도 못 뽑는다는 것, 그리고 더 이상 아무것도 기대할 것이 없다는 것도 짝사랑의 단점이다.

다시 말해 짝사랑의 장점은 고스란히 단점이 될 수도 있다는 것을 몇 번의 경험으로 체득했다. 짝사랑이란 유아적인 단어는 서른 살 이후에 내 인생에서 사라졌다. 짝사랑을 하기에 나는 너무 바빴고, 그럴 만한 대상도 쉽게 찾아지지 않았다. 무엇보다 사랑에 관해선 아주 단순해졌다. "난 너 좋아해. 너는 아니야? 아님 말고."

되돌려 받지 못하는 사랑에 대해 냉담해질 만큼 사람들은 충분히 약아졌다. 짝사랑도 습관이다. 짝사랑 중독자는 언젠가 자신의 짝사랑이 이루어질지도 모른다는 로망을 가슴속에 간직한 채 기약 없는 사랑을 한다. 짝사랑을 하는 사람들은 자신이 얼마나 빛나는 존재인지, 사랑받아 마땅한 존재인지 알지 못한다. 받아보지 못했던 사람은 받는 사랑에 익숙하지 못하다.

10년도 더 전에 살짝 좋아했던 사람이 갑자기 떠올랐다. 나름 관심을 표현한답시고 그의 생일에 맞춰 친구들과 함께 그의 집에 놀러갔다. 눈치를 보다 남들 몰래 방 어딘가에 선물을 살짝 놓고 왔다. 친구들이 많은 데서 주지 못했던 것은 그 선물이 넥타이였기 때문이다. 만 원씩 모아 선물을 사주는 분위기에서 그다지 친하지 않은 내가 그를 위해 넥타이를 샀다는 것이 너무 좋아하는 티를 내는 것 같아 당당하게 건네지 못하고 방에 몰래 놓고 왔는데 결국 난 좋아하는 마음을 완전히 들켜버렸고 우리 사이는 더 어색해졌다. 며칠 후 방 청소를 하다가 책상 아래서 선물을 발견했다며 고마움을 전하는 그의 목소리에는 꽤나 부담스러워 하는 기색이 역력했다. 얼마 후 내 생일 즈음 그는 "뭐 갖고 싶은 것 없니?"라고 어색한 목소리로 물었다. "인생은 기브 앤 테이크"라고 혼자 중얼거렸지만 진심이 담겨 있지 않은 그 사람의 의례적인 말투는 갖고 싶은 백 가지를 잊게 했다.
신세지는 것이 싫어서 선물을 주겠다는 그의 호의는 진심으로 와닿지 않았고, 우리 사이는 아무것도 아니라는 것이 확실해졌다. 그에게서 무언가를 받았는지 어땠는지는 기억나지 않지만 이후로 그를 자주 볼 수 없었다. 좋아하는 사람에게 먼저 나서서 과하게 행동했고, 받는 사람은 그것을 부담스러워했다. 지나고 나면 왜 그때 좀 더 덤덤하게 굴지 못했을까 생각해보지만 나의 표정이나 말은 천연덕스럽지 못했다. 게다가 난 소심하기까지 해서 내 러브스토리는 늘 이 모양으로 찌그러졌다.

〈로맨틱 홀리데이〉에서 시나리오 작가 할아버지는 짝사랑으로 상처 받은 그녀에게 이런 이야기를 한다. "영화엔 여주인공이 있다오. 조연도 있고. 난 알 수 있소. 아가씨는 여주인공이지. 하지만 어떤 이유인지는 몰라도 조연처럼 행동하고 있어요."
자신이 조연이라고 생각하는 사람들은 여주인공이 되는 로망을 갖

남자에게 항상 상처를 받는 건 나였는데,
내가 잘못한 것은 없는지,
혹시 오해한 것은 없는지,
곱씹어가며 나를 상처주고는
내 탓인 양 그래왔어요.
끝까지 착각하면서 말이죠.

_영화 〈로맨틱 홀리데이〉에서

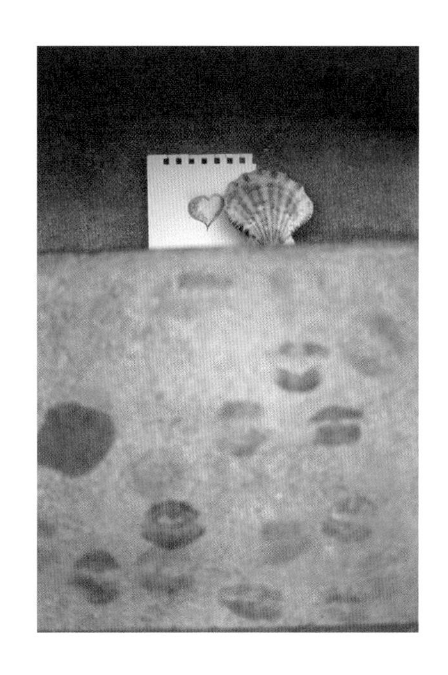

고 있다. 하지만 어떤 사람들은 충분히 여주인공이 될 만한 면모를 지녔음에도, 자신이 사랑받을 가치가 있다는 사실을 간과한다. 자신이 좋아하는 사람에게 사랑받아야 비로소 자신이 주인공이 될 수 있을 거라고, 이루어질 가능성이 없는 사람만 좋아하면서 자신이 여주인공이 되는 순간을 미루거나 자신을 사랑하는 남자까지 조연으로 함께 평가절하하면서 불평한다. '누구나 자기 인생에선 주인공이다'라는 뻔한 말은 나도 할 줄 안다. 하지만 짝사랑에 빠진 모든 사람들에게 말해주고 싶다.

"넌 충분히 여주인공감이야. 너를 사랑하는 옆 사람을 봐."

조연이 주연이 되는 순간은 남이 자신을 알아주는 순간이 아니라, 내가 나 스스로를 알아주는 순간이다. 이제 나는 짝사랑이 이루어지는 로망 대신 독립영화라도, 스스로 여주인공이 되는 로망을 꿈꾸기 시작한다.

내기하실래요?

Romance. 40

당구장은 구시대의 유물 같지만 가끔 대학교 앞을 지나치다 오래된 당구장을 발견하면 괜히 반가운 기분이 든다. 대학교 때 친구들이 당구 치는 모습을 아이스크림 먹으며 구경하던 옛 추억이 떠올라서일까? 게임에 능한 남자들이 멋지다고 생각했다. 큐를 잡은 남자친구가 어찌나 섹시해 보였는지! 특히 공의 각도를 가늠하면서 큐대에 초크를 문지를 때 평소보다 더 똑똑해 보이기까지 한다. 남자들이 당구를 치는 건 어쩌면 당구 자체가 재미있기도 하지만 내기 때문이 아닐까. 당구는 별로 치고 싶지 않지만 내기 당구는 해보고 싶었다. 중독되지 않을 정도로 한두 게임 하고, 게임 비용 정도 내게 하는 것. 공짜로 잘 놀고, 이겨서 기분도 좋고 일석이조다. 물론 기분 좋아서 술을 마시고 당구비보다도 훨씬 비싼 술값을 낼 수도 있지만 내기 당구는 아주 합리적인 게임 방식이 아닐 수 없다.

예전에 한 탤런트가 연애할 때의 이야기다. 그들은 한 달에 10만

원씩 적금을 붓되 먼저 헤어지자고 말하는 사람이 상대에게 적금 통장을 줘버리자는 내기를 했다. 그렇게 되면 실연 당한 사람은 사랑을 잃지만 그 대가로 돈을 얻게 된다. 아주 공평한 게임이지 않은가? 다행히 그 커플은 헤어지지 않았고 둘이서 부은 적금은 결혼 자금에 보탰다고 한다. 좋은 아이디어다 싶어서 '적금 한 번 부어볼까?'라는 생각을 해본 적은 있지만 남자친구가 마음에 안 들 때마다 본전 생각이 날 것 같아서 관뒀다.

인터넷에서 하는 퀴즈 또한 즐거운 내기였다. 20대 초반, 인터넷이 등장하기 전 PC통신에 목을 매던 시절도 있었다. 모뎀 시절 채팅이란 것이 신기해 낯선 사람들과 수다 떠느라 하얗게 밤을 새다가 '새탈', 일명 새벽 탈출을 밥 먹듯 하기도 했다. 당시 PC통신에는 영화 퀴즈 방, 일명 '영퀴방'이 인기였다. 좀비처럼 밤중에 스멀스멀 채팅방에 들어와 상대방이 내는 영화 제목을 맞추기 위해 혈안이 됐다. 은근한 승부욕에 불타 성급히 영화 제목을 치다 보면 오타도 많이 났다. 〈브로큰 애로우〉가 '브랄큰 애로우', 〈여왕 마고〉는 '마왕 여고', 우디 앨런의 〈섹스에 대해 알고 싶어하는 모든 것, 그러나 차마 묻지 못했던 것〉이나 스탠리 큐브릭 감독의 〈닥터 스트레인지러브 혹은: 나는 왜 근심을 거두고 폭탄을 사랑하게 되었는가〉와 같은 영화 제목을 맞추려면 빛의 속도로 자판을 두드려야 했다. 영화 퀴즈는 당시 영화 좀 본다고 하는 사람들, 즉 문화 백수들의 놀이방이었다. 퀴즈라는 형식은 묘한 경쟁의식을 불러일

으켰다. 게다가 영화로 푸는 퀴즈니, 죽어라 영화 보면서 퀴즈 좀 풀다 보면 〈스타워즈〉의 제다이처럼 포스가 몇 단계 상승하는 느낌이었다.

어떤 커플은 내기를 하면서 사랑에 빠지기도 한다. 영화 〈러브 미 이프 유 데어〉라는 영화에는 내기에 미친 커플이 나온다. 운전기사 없는 스쿨버스 출발시키기, 속옷 입고 외출하기 등 그들은 별별 내기를 다 한다. "너랑 해보고 싶은 내기가 있어. 개미 먹기, 백수 약 올리기, 그리고 미친 듯 사랑하기." 이들은 급기야 시멘트 속에 함께 묻히기까지 한다. 미친 것처럼 보이는 내기를 하면서 그들은 자기들만의 방식으로 사랑을 키워간다. 그들은 내기에 중독됐고 사랑에 중독됐다.

내기는 도박과 같아서 중독성이 있다. 한 친구는 남자친구와 밤마다 화투를 즐겨 쳤으며, 패션잡지의 편집자인 또 다른 나의 친구는 자기보다 더 패션에 관심이 많았던 남자친구와 컬렉션 사진을 보며 이리나 라자레누나 나탈리 보디아노바가 입은 옷의 브랜드를 알아맞히는 게임을 즐겨 했다.

나에겐 연애가 일종의 게임과 같다. 많이 사랑하는 사람이 지는 게임. 그럼에도 나는 질 것이 분명한 게임에 늘 베팅한다. 내기는 혼자서도 잘할 수 있다. 어릴 때부터 나는 혼자 해온 내기가 있다. 터널 지날 때까지 숨 안 쉬기(그러면 이번 시험은 잘 볼 거야), 바닥의 타일 금 안 밟기(그러면 그가 날 좋아하게 될 거야), 신호등 앞에 서자마자 녹색 등이 켜지기를 바라기(그러면 어디선가 돈이 생길 거야), 세면대에 얼굴 담그고 1분 동안 숨 안 쉬기(그러면 사랑에 빠질 거야). 참던 숨이 터져 나오고 금 안 밟으려다 발이 꼬여 넘어지고 신호등의 녹색 등은 켜질 기미도 없을 때 혼잣말한다.

"에이, 다 무효야 무효. 없던 일로 해."

혼자 하는 내기의 장점은 이런 것이다. 판돈을 안 걸기 때문에 손해날 것이 없으며, 언제든 원치 않을 때 종료 버튼을 누르면 된다. 하지만 언제부터일까? 길에 잘 깔린 타일 금을 안 밟기에 나는 너무 바빠졌고 질 것이 분명한 게임 따위는 하지 않게 되었다. 아마 그건 어른이 되고 나서부터인 것 같다.

함께 늙어가는 아름다움

Romance. 41

내 얼굴은 매일 봐서 잘 모르겠고 친구들조차 어렸을 때부터 알던 사이라 그런지 특별히 30대 중반처럼 보이지 않는다. 마흔 가까이 된 친구 남편들을 보고서야 비로소 내 나이를 실감하곤 한다. 친구 남편의 이마가 점점 넓어지는 것을 보고 있자니 기분이 이상했다. 한 친구는 이렇게 말했다. "그는 달라. 지적인 대머리거든." 그래 잘들 살아라.

교외선 기차를 타거나 공원에 갔을 때 손을 마주 잡고 가는 나이 든 커플을 볼 때가 있다. 기차 안에서 두 손을 꼭 잡고 이야기를 나누는 모습이나 삶은 계란을 까서 서로에게 먹여주는 나이 지긋한 커플을 보면 나도 모르게 중얼거리고 만다. "불륜 커플이군. 그렇게 좋나." 공원 벤치에 마흔은 넘어 보이는 커플이 보인다. 남자는 벤치에 누워 있고, 여자는 남자의 머리를 쓰다듬어 주고 있다. 또 생각한다. '불륜이군, 쯧쯧.'

불순한 생각으로 가득 찼는지 나이 든 사람들끼리 손잡고 좋아하면 다 불륜처럼 보이는 것이다. 특히 서로의 볼이나 얼굴을 쓰다듬어주며 좋아서 어쩔 줄 모르면 십중팔구 불륜이라고 마음속으로 단정한다. 그러던 어느 날, 동네 시장을 다녀오다가 같은 교회에 다니는 집사님 부부와 마주쳤다. 노란 스웨터를 똑같이 맞춰 입은 부부는 사이좋게 손을 잡고 걷고 있었다. 이 커플이 부부란 것을 알고 봐서 그런지 아무리 봐도 그들에겐 불륜의 향기 같은 것은 느껴지지 않았다. 그저 보기 좋았고 예뻤다. 이분들이 연애했을 20년 전을 상상해보니, 더욱 흐뭇해진다. 참 잘 어울리는 커플이다. 부부는 서로 닮는다더니, 집사님 부부도 어딘가 모르게 닮은 것 같기도 하다.

친한 여자 후배가 옛날 남자친구를 2년 만에 다시 만났다고 했다. 그의 집에서 그가 끓여준 찌개에 밥을 먹는데 빨랫줄에 널린 그의 낡은 팬티를 보자 마음이 짠해졌다고 했다. "제가 2년 전에 사준 팬티인데, 이곳저곳 해져서 구멍이 뚫리기 일보 직전이더라고요. 만약 사귄 지 얼마 안 돼서 너저분한 속옷을 봤으면 '뭐야, 지저분하게'라고 생각했을 텐데, 우린 사귄 것만 5년이거든요. 한 사람의 장점, 단점, 상처, 바닥까지 다 보고 나니, 이제 그가 남자가 아닌 한 인간, 아니 가족처럼 여겨졌어요. 부부란 게 이런 것 아닐까 하는 생각이 들었어요."

세상엔 여러 부부가 있다. 게다가 살아가는 모양새도 제각기 다르다. 나의 부모님은 그리 사이 좋은 부부는 아니었다. 피 터지게 싸우면서 이혼의 위기도 몇 번 겪은 후에 아이들이 결혼할 때까지 그냥 살자며 지금까지 왔다. 최근 당뇨로 다리가 불편해진 아빠를 돌보는 엄마마저 다리를 다쳐 입원하게 됐다. 그러자 가장 불편해진 사람은 바로 아빠였다. 붙어 있으면 매일 싸웠지만 막상 엄마가 없으니 엄마가 얼마나 중요한 사람인지 알게 된 것이다.

무뚝뚝한 엄마와 더 무뚝뚝한 아빠가 매일 전화 통화를 하는데 그 모습이 꽤나 재미있다. "밥 먹었어요?" "아니, 맛이 없다. 네가 빨리 와서 해줘야지." 그러더니 아빠는 강아지를 바꿔준다. 이 평범한 노부부의 대화를 듣다 보니 어쩐지 짠하기도 하고 귀엽기도 하다. 불같은 성격도, 꼼꼼한 성격도 이젠 어느 정도 누그러졌나 보다. 볕 좋은 날 서로의 몸에 있는 벼룩을 잡아주는 고릴라 부부처럼 한가롭고 평화로운 오후를 보내는 모습을 보니 함께한 세월을 이길 만한 것은 아무것도 없겠다는 생각마저 든다.

30년을 함께 걸어온 사람끼리 '이래서 좋다'가 아니라, '내 것이니 좋다'라고 자족하는 마음, 금이 가 낡고 볼품없어도, 때로는 부끄럽고 창피해도 '내 것이니 할 수 없다'고 보듬어주는 마음이면 족하다. 오래 산 부부는 이런 것이라는 느낌이 든다. 불타는 열정 대신 곰삭은 애정과 연민과 함께 고생한 세월이 손바닥의 잔금처럼 박힌 사람들, 그게 나이 든 부부의 모습이다.

어릴 적 내게 로망의 부부는 손석희 전 아나운서 부부였다(부인은 당시 〈뽀뽀뽀〉를 진행하기도 했던 신현숙 아나운서다). 아주 옛날, 모 방송 프로그램에서 똑 부러지고 후배들에게 엄하기로 소문난 대쪽

같은 손석희 아나운서가 "우리 집안의 대장은 부인이다. 나는 내무부장관(부인)이 시키는 대로 할 뿐이다"라고 말했을 때, '그래, 결혼은 나를 저렇게 아껴주고 존중해주는 사람과 해야 돼' 라고 생각했다(그래서 아직도 못하고 있는 건가). 어린 마음에도 살림 못해도 구박하지 않으며 나를 내무부장관으로 모셔줄 남자를 찾아야지 싶었다. 마찬가지로 알랭 드 보통의 인터뷰를 볼 때마다 내가 그를 사랑할 수밖에 없음을 다시 한 번 확인하는데, 그건 그의 책 속에 드러나는 재기발랄함을 고스란히 느낄 수 있어서이기도 하지만, 자기 부인을 향한 애정과 신의 때문이다.

열렬히 사랑하는 사람과 결혼하는 것은 감사해야 할 일이다. 이제는 함께 늙고 싶은 사람을 만나고 싶은 로망이 생겼다. 불같은 사랑은 금방 식는다. 함께 있으면 너무 떨려서 아무것도 하지 못할 것만 같은 사람, 그저 바라보면서 한 사람에게만 올인해야 하는 사람, 나라는 사람보다 나의 통장잔고와 연봉을 궁금해하는 남자에게 쏟을 에너지가 이젠 없다. 대신 함께 나란히 앉아서 가끔 아무 말 없이 각자 책을 읽고, 토요일 저녁엔 함께 깔깔거리며 〈무한도전〉 같은 프로그램을 보고, 마트에서 내가 고른 싼 핸드크림을 바구니에서 은근슬쩍 빼고선 "핸드크림은 비싼 거 써"라고 말해주는 남자면 족하다.
슬리퍼 끌고 나가서 동네 포장마차에서 소주 한잔하면서 상사 욕하면 "너를 알아주지 못하는 상사와는 일할 필요 없어"라고 호기

롭게 말해주거나, 양념통닭을 시키면 다리는 고스란히 나에게 바치는 소박하지만 사려 깊은 남자면 좋겠다. 또는 마크 제이콥스 이니셜이 새겨진 팔찌를 보고 "마크 야콥이 대체 어떤 자식이야?" 하며 화내는 남자, 명품은 루이비통이 최고인 줄 아는 남자, 내 싸이월드에 올린 리뷰를 보고 몰래 책을 사서 읽고선 작가 이름을 아는 척하지만, 곧 "사실은 재미없어서 읽다가 중도 포기했다"고 이실직고하는 남자, 그래도 자신이 좋아하는 무협소설 작가 한 번만 인터뷰해달라고 조르는 남자라면 귀여울지도 모르겠다.

평균적인 혹은 평균에 못 미치는 아름다움과 지적 수준을 가졌음에도 나를 최고로 예쁘다고 칭찬해주는 남자, 이것조차 현실성이 없다면 적어도 내가 제일 세련되고 지적이라고 칭찬해주는 남자를 만나고픈 로망이 생겼다. 이것도 망상일 뿐이라고? 써놓고 보니, 이야말로 완벽한 남자가 아닌가 싶다. 한 후배가 말했었다. "예전에 마흔 살 남자랑 만나면 주변 사람들이 '남자가 돈이 많은가 보지' 라고 말했는데 이젠 사랑해도 마흔이에요."

그래. 이제 사랑해도 마흔이다. 위의 조건들을 충족시켜준다면 대머리면 어떤가. 마흔 살, 지적인 대머리와 연애할 수 있을 것 같은 생각이 들기 시작했다.

키스, 상상만으로도 짜릿한

Romance. 42

"첫 키스 언제 하셨는지 기억나세요?"
한 텔레비전 프로그램에서 리포터가 길을 지나가던 50대 아줌마에게 물었는데 대답이 가관이었다.
"글쎄, 첫 아이 낳고 했나."

나름대로 유머라고 생각하고 실소했지만 찬찬히 생각해보니 그럴 수도 있겠다는 생각이 들자 더 헛헛한 웃음이 나왔다. 예전에 한 드라마에서 밥상 앞에서 눈이 맞더니 밥 먹다 말고 키스하는 부부가 나오는 장면을 보고 결혼한 지 10년 된 선배에게 물었다.
"선배도 저렇게 밥 먹다 말고 남편과 키스해요?"
"글쎄. 아이 낳고는 키스해본 적 없는 것 같네."
말도 안 된다. 키스가 사라진 커플의 세상은 어묵 국물 없이 먹는 떡볶이, 단무지 없이 먹는 자장면 같은 느낌이라고 생각했다. 키스를 별로 좋아하지 않는 한 남자와 1년 남짓 사귀던 어느 날, 우리

사이에 키스가 실종됐다는 사실을 문득 깨달았다.

"왜 당신은 나에게 키스를 안 해?"

"하잖아."

"언제?"

"(약간 신경질을 내며) 하잖아. 왜 그래."

내가 말한 키스는 키스를 위한 키스, 진짜 키스를 말하는 거였다. 집 앞에서 헤어질 때 하던 가벼운 뽀뽀를 생략했던 순간이 이별의 징조였는지도 모른다. 떨림이 없는 키스, 부자연스러운 키스, 애정이 느껴지지 않는 키스, 섹스를 위해 통과의례처럼 하는 키스는 가짜다. 키스에 대한 로망은 연애에 대한 로망과는 조금 다른 종류의 것이다. 관계에 대한 정의가 배제되어 있어도 충동적으로 할 수 있는 것이 바로 키스다(뭐, 섹스도 종종 그러하지만). 하지만 애정이라는 감정이 없으면 절대 할 수 없는 것이 키스다. 섹스가 머리 아프거나 복잡한 것이라면 키스는 단순하다. 간편하다. 달콤하다. 맛있다.

갑자기 어느 순간 상대의 입술이 달짝지근하게 보이고 그 사람이 귀여워 미치겠고, 미열이 생기면서 '이 사람 오늘 참 귀엽고 멋져 보이네', 이런 생각이 서로 통하면 할 수 있는 것, 그게 키스다. 간혹 연인이 되기도, 다시는 만나지 못하기도, 다음 날 얼굴 보면 부끄럽기도 하지만 "키스했으니 책임져"라고 말할 수는 없는 노릇 아닌가. 영화 〈프리티 우먼〉에서 거리의 여인으로 나온 줄리아 로버츠는 손님과 섹스는 해도 키스는 하지 않았다. 이것은 그녀의 불

문율이었는데 어느 날 리처드 기어에게 키스를 하고 싶은 자신을 발견하게 된다. 경계해야 마땅할 충동을 느낀 그녀는 그 감정의 정체가 사랑이란 것을 알게 된다. 감정 없이는 할 수 없기에 나는 키스가 좋다.

키스 중 가장 좋은 것은 좋아하는 사람과 하는 첫 키스이다. 그중에서도 기습적으로 하는 첫 키스가 가장 두근거린다. 예고된 장소에서 예측 가능한 시나리오대로 움직이다가 이쯤에서 키스해야지 하는 마음으로 하는 키스는 범인을 알고 보는 스릴러 영화처럼 맥 빠지기 마련이다. 뒤에서 안아주면서 하는 키스, 머리를 받쳐주며 하는 어른스러운 남자와의 키스도 좋다. 이마에 해주는 귀여운 키스, 아랫입술을 장난스럽게 한 번 물어주는 키스도 가슴 두근거리게 만든다.

하지만 '키스'라는 단어를 들으면 떠오르는 풍경은 테이블 건너편에서 구부정한 포즈로 밥을 먹다가 미처 옆으로 오지도 못하고, 불현듯 하는 키스였다. 내가 종달새처럼 떠들 때 날쌘 매처럼 달려들며 기습 키스를 하는 풍경, 그 키스는 자세가 불편하기 때문에 사실 뽀뽀에 가까웠다. 그러다가 컵을 엎고 허둥대는 모습에 웃음이 터져 나오면서 키스의 낭만은 사라지고 말았다. 테이블 저쪽에서 허둥대던 남자는 참 귀여웠다. 그의 입에선 박하향이 났다. 곱창에 삼겹살을 먹고 키스를 해도 박하향이 나서 참 좋다고 생각했는데 알고 보니 그가 피우는 담배가 박하향이 포함된 제품이었기 때문이었다.

하지만 술 먹고 밥 먹다 하는 키스 말고 내가 정말 하고 싶은 키스는 대관람차 안에서 하는 키스다. 놀이동산에서 파도타기하면서 하는 키스나 난간에 올라선 나의 손을 잡고 걸어가다가 하는 키스도 괜찮다. 아, 키스는 생각만 해도 입에 군침이 도는 것이구나.

내게도 첫사랑이 있었어

Romance. 43

〈김종욱 찾기〉라는 연극이 있다. 욱하는 성질머리 때문에 하루아침에 백수가 된 노처녀는 당장 결혼하라는 아빠의 강압에 못 이겨 7년 전 첫사랑을 찾기 위해 '첫사랑 찾기 주식회사'를 찾는다. 김종욱이라는 이름을 가진 그녀의 첫사랑을 찾아가면서 생긴 우여곡절을 보여주는 연극이다.

장유정 감독이 각본을 쓰고 연출한 이 창작 뮤지컬이 오랫동안 인기를 모을 수 있었던 이유 중 하나는 바로 누구나 간직하고 있는 첫사랑에 대한 로망을 소재로 삼았기 때문이다. '턱 선의 외로운 각도와 콧날의 날카로운 지성'을 가진 김종욱은 모든 여자들이 간직할 법한 첫사랑의 로망 그 자체다.

김종욱 찾기는 서울에서 김서방 찾기처럼 쉽지 않았다. 이 연극을 보고 나자 과연 누군가가 내 첫사랑을 찾아준다고 한다면 난 과연 그 사람을 찾을 것인가 말 것인가 고민이 되기 시작했다. 그런데 그전에 과연 누구를 첫사랑이라고 해야 할지부터 고민된다.

손 한 번 잡아보지 못한 초등학교 5학년 때 짝꿍을 첫사랑이라고 해야 할지, 대학 시절 잠깐 만났지만 많이 좋아했던 그 사람을 첫사랑이라고 해야 할지, 아니면 일생 통틀어 유일하게 사랑했다고 말하고 싶은 그 남자를 첫사랑이라고 해야 할지 모르겠다. 문제는 그들의 행방을 마음만 먹으면 찾을 수 있다는 데 있다.
초등학교 때 첫사랑이었던 남자아이는 '아이러브스쿨'이 생겼던 초창기에 이미 찾아봤으나, 당시 막 신혼여행에서 돌아와 바빠서 연락을 못했다며 전화번호 알려달라는 내 말을 가볍게 무시하고 메일로 간단한 답장만 보내왔다. 대학교 때 첫사랑은 친구의 남편이 되었고, 진심으로 사랑했던 남자는 헤어진 지 얼마 안 되어 아직은 만나고 싶지 않으니 결국 나는 찾고 싶은 첫사랑이 없는 셈이다.

첫사랑에 대한 로망은 누구나 갖고 있지만 여자와 남자의 첫사랑에 대한 로망에는 조금 차이가 있다. 노랫말에도 있지 않은가. '남자는 첫사랑을 잊지 못한대.' 남자들이 좋아하는 여자를 만날 때마다 단골로 하는 멘트 중 하나가 바로 "너는 내 첫사랑을 닮았어"라고 한다. 실제로 닮았다기보다, 이상형에 가깝다는 우회적 표현이다. 이런 고백을 했던 남자들의 첫사랑의 사진을 우연히 발견하고선 얼마나 실망했었던가.
첫사랑을 다시 만나는 로망? 여자들의 경우 정말 말 그대로 오랜 세월이 지나고 아저씨가 된 그의 모습을 한 번쯤은 보고 싶다는 마

ARCEL BOUDOU
CINEASTE
1932 - 1991

음이 강해서라면, 남자들은 자신의 기억 속에 남아 있는 '청순한 금자씨'에 대한 환상을 버리지 못한다. 지하철에 가방 던져가며 자리 맡는 아줌마가 된 모습은 상상도 하지 못했음은 물론이다. 자신의 부인과는 전혀 다른 세상에서 아직도 이슬만 먹고 살 것이란 상상을 하고 있다. 심지어 어떤 남자는 자신의 첫사랑이 불행한 결혼생활을 하고 있다는 소식을 들으면 괜한 자책감에 빠져서 괴로워하며 오버한다. '그녀가 다시 내게로 돌아온다면?' 이따위 상상까지 마구 한다.

연극 〈김종욱 찾기〉처럼 첫사랑을 찾아주는 회사가 있다 해도 나는 첫사랑을 다시 찾지 않을 것이다. 첫사랑에 대한 로망이 영원히 살아 있는 것은 그 사랑이 이루어지지 않았기 때문이고, 첫사랑은 아무래도 어슴푸레한 추억 속에서 삼삼한 모습으로 남아 있어야 제 맛이니까. 굳이 내 눈으로 그가 대머리 혹은 기름기 철철 흐르는 아저씨가 된 것을 확인하고 싶지 않다. 첫사랑은 말 그대로 첫사랑의 추억 속에 자리하고 있어야 가장 아름답다.

이별대행에이전시

Romance. 44

어떤 이별이든 쉽겠냐마는 좀 더 아픈 이별이 있다. 그중 한 남자와의 이별은 유독 힘들었다. 그에게는 여자친구가 있었다. 진작 헤어졌어야 했지만 차마 헤어지자는 말을 할 수 없었다. 그만 만나자는 말을 밥 먹듯 연습했으면서 막상 그를 만나면 아무 소리 하지 못했다.

"봄이 될 때까지 두 달만 시간을 줘. 마음을 깨끗이 정리할 수 있게." 구차한 소리까지 해가며 이별을 미루다 하루는 그 사람 앞에서 정말 서럽게 통곡했다. 나조차 내가 그렇게 서럽게 울 수 있는지 몰랐다. 울다보니 더 서러워졌고, 서러워져서 더 통곡했다. 그 사람을 이젠 다시 볼 수 없다는 것이 믿어지지 않았다. 그의 마음도 아마 나와 다르지 않았을 것이다. 헤어지기로 결심하고도 이별을 선언하는 것이 힘들어서 차일피일 미뤘을 것이다. 이별 후유증으로 며칠 밤을 울면서 영화 〈이터널 선샤인〉에 나왔던 것처럼 특정 기억을 삭제해주는 회사가 있으면 얼마나 좋을까 생각했다.

ジョゼと虎と魚たち
Eternal Sunshine
of the spotless mind

'결혼을 연결해주는 회사도 있는데 힘든 이별을 대신 통보해주는 회사도 생길 법 하잖아.' 그런 회사가 있다면 괜찮을 것 같았다.
얼마 전 서점에 갔다가 『이별대행 에이전시』라는 제목의 소설을 발견했다. 독일의 자매 작가가 함께 쓴 이 책은 이별 통보를 대행해주는 에이전시를 소재로 한 소설이다. 보험회사 경리 출신의 율리아와 컨설팅 회사의 꽃미남 컨설턴트 시몬은 우연히 고용센터에서 만나 '현재의 불행한 커플들을 미래의 행복한 싱글로 만들겠다'는 취지로 '작은 위로'라는 이름의 이별 통보 대행회사를 만든다.
바람을 피워 세 번이나 헤어졌지만 남자가 애걸복걸해 아직도 만나고 있다는 여성, 청혼을 받아들였으나 그 사이 다른 남자와 사랑에 빠져 도망갈 궁리를 하는 여성 등 각양각색의 남녀들이 이 회사를 찾는다. 소설을 읽는 내내 정말로 이런 이별대행 에이전시가 생긴다면 문전성시를 이룰지도 모른다는 생각이 들었다. 나 또한 다시 힘든 이별을 해야 할 때 정말로 한 번쯤은 찾아갈 것 같다. 그런데 얼마 전 술자리에서 한 선배가 말했다. "헤어질 때는 정말 밑바닥까지 가보고 헤어져야 미련이 없어. 저주를 퍼붓고, 막말하고, 뺨 때리고…… 그렇게 헤어져야 다시는 보고 싶은 생각이 안 들어. 네가 그 남자를 완전히 잊지 못하는 건 그에게 그렇게 혹독하게 하지 못했기 때문이야."
별로 우아한 이별은 아니었지만, 욕이라도 실컷 퍼붓거나 뺨이라도 때렸다면 억울함도 덜하고, 다시 한 번 보고 싶다는 생각 따위는 하지 않았을 텐데. 헤어지자는 소리는커녕 그에게 물을 끼얹고, 나쁜 놈이라고 욕도 못하는 나 같은 여자 때문에 이별대행 에이전시가 필요한지도 모르겠다. 그런데 정말로 이별대행 에이전시가 있다면 나는 그 회사를 찾아갈까?

모든 연인에게는 상처가 되는 이별을 피하고 싶은 마음과 동시에 제대로 된 이별을 맞이하고 싶은 바람이 동시에 존재한다. "우리 헤어져" 하고 담담하게 이야기를 하고 관계를 끝냈든, "넌 여자를 사랑할 자격도 없어"라며 물을 끼얹고 헤어졌든, 헤어질 수 없다며 매달리다가 잔인하게 채였든, 이별의 순간을 직접 경험하지 않는다면 상대에 대한 미련이 어떤 식으로든 남게 마련이다. 누군가를 열렬히 사랑했다면 그 이별의 아픔이나 불편함을 감수해야 할 책임도 있는 것이다.

그런 의미에서 이별대행 에이전시에 대한 로망은 알약 하나로 배가 부르기를 바라는 것과 어느 정도 일맥상통하는 로망일 수도 있다. 뒤끝 없고 고통도 느껴지지 않으니 아주 간편하지만, 그래서 조금은 비겁한 로망이다. 결국 이별대행 에이전시에 대한 로망은 접어두어야 하는 걸까. 하지만 이젠 정말 더 아픈 이별을 맞이할 자신도 없는데.

같은 음악을 좋아하는 사람

Romance. 45

언젠가 자기 소유의 빌딩이 있다는 남자와 선이라는 것을 보았다. 모기처럼 생긴 남자가 준 명함에는 명조체로 'OO빌딩'이라고 쓰여 있었다. 지금 생각해보면 꿈의 임대업자가 아니었나 싶지만 대화의 소재는 빈곤했다. 별달리 할 이야깃거리가 없어서 침묵을 지키고 있던 나에게 그는 불현듯 물었다. "어떤 음악 좋아하세요?"

'음악? 음악 좀 듣나? 웬일로 음악을 묻지?' 이렇게 생각하고 좋아하는 뮤지션 리스트를 읊기 시작했다. "롤러코스터, 언니네 이발관, 브로콜리 너마저, 에고 래핑, 제이슨 므라즈, 패리스 매치, 오렌지 페코……."

그때 그의 얼굴은 '대체 무슨 소리야?' 하는 표정이었다. 물론 그가 "아, 저도 제이슨 므라즈 좋아해요"라고 말했다 할지라도 그를 다시 만날 일은 없을 것이라고 확신하지만.

10년도 훨씬 전, 삐삐를 사용하던 시절에는 소개팅을 했던 사람과 삐삐에 녹음해놓은 음악이 똑같다고 서로 좋아했던 일도 있었다.

당시에는 음원 서비스 같은 것도 없어서 라디오나 오디오에 직접 전화기를 대고 음악을 녹음하는 원시적인 방법으로 나름대로 컬러링을 설정했다. 그때 나의 삐삐에 녹음된 음악은 '봄여름가을겨울'의 「100송이 장미」였다(심수봉의 「백만 송이 장미」가 절대 아니다).
대학 때 소개팅으로 만난 사람의 삐삐에서 그 음악이 울리는 것을 듣고 나는 두 번도 안 만났음에도 그가 나의 이상형이라고 생각했다. 그는 재즈 바에서 피아노를 친다는, 약간 특이한 이력을 가진 공대생이었다. 얼굴도 꽤 잘생겨서 내 이상형으로 부족함이 없다고 생각했다. 노래방에 가서 마이크를 잡을 때 그는 남자다우며 늠름해 보였다.

어떤 음악을 듣는가가 나에겐 중요하다. 같은 음악을 좋아하는 사람들은 같은 작가의 소설이나 같은 감독의 영화를 좋아하는 사람들보다 정서적으로 닮아 있다고 느끼기 때문이다. 음악은 100퍼센트 감성적 코드라고 생각하는 것이다. 얼굴도 잘생겼고, 그럭저럭 이야기도 통하고 무난한 조건을 갖추었다고 해도 그가 나와 완벽히 반대되는 취향을 가졌다는 말을 들으면 순식간에 호감이 반감된다.
아직 만나본 적도 없는 남성의 컬러링에서 느끼한 발라드 음악이 흘러나오면 왠지 안 좋은 예감들이 스멀스멀 일기 시작한다. 물론 내가 라운지 음악이나 인디 음악만 좋아하는 것은 아니다. 비틀스나 엘튼 존, 빌리 조엘, 스티비 원더의 음악은 언제 들어도 좋은 명

TRIPLE

RCA

plus
어떤날
1960 · 1965

곡들이다.
나에겐 좋은 음악을 선별하고 권해주는 '퍼스널 뮤직 셀렉터'가 몇 명 있다. 음반 매장에서 한참 고민하다 '잭 존슨의 어떤 앨범을 사야 하죠?'라고 문자를 보내면 '노란색 바탕에 나무가 그려진 『인 비트윈 드림스』라는 앨범을 사세요' 라고 친절하게 답을 보내오는 모 음반사의 모 차장님은 어떨 땐 든든한 지원군 같다. '세일하는 음반 매장에 왔는데 뭐 사야 할까?' 라고 문자를 보내니 '루벤 곤살레스 앨범은 어때?' 라고 답을 보내주는 뮤지션 친구도 있다. 정기적으로 내 아이팟에 음악을 담아주는 후배 A는 공감 코드가 나와 너무나 같아서 언제나 든든하다. 음악 취향이 얼마나 비슷한지, 문득 샤를로트 갱스부르의 「5:55」가 듣고 싶어서 아이팟을 찾아보면 어김없이 담겨 있다.
음악의 멋을 아는 사람, 음악의 사용법을 알고 있는 사람들이 곁에 있다면 인생이 조금 더 멋스러워질 것 같다. 시의적절하게 자신이 듣고 싶은 음악을 들으며 음악을 느끼고, 좋아하는 밴드의 공연을 보기 위해 가끔은 비싼 티켓 사는 것을 아까워하지 않으며 기분에 따라 싸이월드나 블로그의 배경음악 정도는 바꿀 줄 아는 사람, 마이클 잭슨이 죽었을 때 그의 애창곡 하나 정도는 꺼내서 들을 수 있는 사람, 좋은 영화에서 흘러나왔던 좋은 음악들까지 기억할 수 있는 센스를 지닌 사람, 오로지 음악 때문에 좋아하는 영화가 있는 사람, 여자친구와 여행을 떠날 때 '여행을 부르는 음악' 들을 엄선해 들려줄 수 있는 사람, 단골이 좋아하는 음악을 알고서 그가 올 때마다 그 음악을 틀어주는 센스 있는 카페 주인 등 음악의 사용법을 잘 아는 사람들과 있으면 왠지 세상 사는 멋을 아는 것 같아 마음이 편해진다.

하지만 음악을 전혀 듣지 않으며 음악을 잘 모르지만 내가 들려주는 음악을 들으며 '이 음악 참 좋은데'라고 운을 띄워주는 취향은 없어도 그 나름대로의 귀가 열려 있던 그 남자도 그리 나쁘진 않았다.

나의 로망 다이어리
사는 게 살짝 더 즐거워지는 45가지 위시리스트

1판 1쇄 | 2011년 3월 24일
1판 4쇄 | 2012년 10월 23일

지 은 이 | 여하연
펴 낸 이 | 정민영
책임편집 | 이승희
편 집 | 손희경
디 자 인 | 정연화
마 케 팅 | 이숙재
제 작 처 | 영신사

펴 낸 곳 | (주)아트북스
출판등록 | 2001년 5월 18일 제406-2003-057호
브 랜 드 | 앨리스
주 소 | 413-756 경기도 파주시 문발동 파주출판도시 513-7 2층
대표전화 | 031-955-8888
문의전화 | 031-955-7977(편집부) | 031-955-3578(마케팅)
팩 스 | 031-955-8855
전자우편 | alice_book@naver.com
트 위 터 | @artbook21

ISBN 978-89-6196-078-6 03810